MW00827553

Le Jujubier du patriarche

DU MÊME AUTEUR

La grève des Bàttu, coll. « Motifs », 2001.
Un grain de vie et d'espérance, Françoise Truffaut éditions, 2002.
Sur le flanc du Belem, Actes Sud, 2002.
Festins de la détresse, L'or des fous, 2005.

Aminata Sow Fall

Le Jujubier du patriarche

roman

motifs

Collection Motifs

MOTIFS n° 52

Illustration de couverture : © Karen Petrossian,
Olivier Mazaud, Bernard Perchey

Première édition : Éditions Khoudia, Dakar, 1993.

N° ISBN : 2-84261-044-X

À PROPOS DE L'AUTEUR

Aminata Sow Fall est née en 1941 dans le nord du Sénégal. Elle est professeur de Lettres, détachée à la Commission de réforme de l'enseignement du français. Elle dirige depuis 1987 le CAEC, Centre africain d'Animation et d'Échanges Culturels, à Dakar. Elle est l'auteur de cinq romans à ce jour, dont *Le Revenant*, *Le Jujubier du patriarche*, *L'Appel des Arènes*, tous d'inspiration fortement sociale et politique. Aminata Sow Fall incarne une nouvelle littérature féminine africaine.

À mes enfants

Un monde hétéroclite est arrivé à Babyselli, venant des quatre coins de la planète. Au grand bonheur des quelques habitants, la localité vivra des heures fastes. Des repas pantagruéliques seront servis, un air de fête planera, une merveilleuse veillée fera rêver et même pleurer les cœurs sensibles. Au petit matin, les pèlerins plieront nattes et bagages, et Babyselli se retrouvera avec sa solitude, ses cases éparpillées, ses palissades en ruine, ses dunes de sable et ses épineux bien têtus. Et aussi – heureusement – des centaines de têtes de bétail que la fête aura épargnées et des tonnes de vivres qui prendront le chemin des greniers. Vénéré comme un génie tutélaire, le long canal continuera à exposer aux ravages du soleil l'argile craquelée de son fond.

Il s'étire au loin, ce canal. Il va, va, va... se perd dans le désert comme pour entretenir le mystère et la permanence des rêves qu'il suscite. Pour ceux de Babyselli, il est censé avoir jadis été le berceau du fleuve Natangué qui a été le témoin – souvent actif – des pages les plus belles, les plus émouvantes et aussi les plus sombres de leur histoire. Il a tari depuis bien longtemps, mais il a eu le temps de se cristalliser pour mieux rendre l'écho du chant épique qui conte les aventures extraordinaires de leurs glorieux ancêtres.

Ils prendront congé :

– À l'année prochaine !

– *Inch Allah !*

– Que Dieu nous accorde la grâce de nous rassembler encore...

– L'année prochaine et beaucoup d'autres années encore !

– *Amine ! Amine !* Que personne ne manque à l'appel !

– *Amine ! Inch Allah*, personne ne manquera à l'appel et d'autres viendront. *Inch Allah !*

Et tout le monde partira avec une bonne

dose d'espoir consolidée par l'image vivace de l'impressionnant monument récemment sorti d'un amas de pierres et de sable grâce à la détermination d'une communauté qui n'a rien ménagé pour offrir à ses illustres aïeux des tombeaux dignes d'eux.

Yelli savourera encore une fois sa fierté. Sans lui, rien de tout cela ne se serait passé et, un jour peut-être, les habitants de Babyselli auraient entraîné dans leur triste anonymat une époque grandiose et les acteurs hors du commun qui l'ont animée. Quel gâchis ç'aurait été d'abandonner dans les décombres de l'oubli des hommes comme Sarebibi le grand Almamy qui s'offrit la fantaisie de traquer l'impossible jusque dans les braises de l'enfer et d'en sortir indemne au grand dam de Dioumana son épouse.

> *Eyôô eyôô Dioumana.*
> *Dieu ! Son rire sous ses gencives bleues*
> *Et sa lèvre indigo*
> *Et son teint en satin ocre…*

« Tu vivras, mon ancêtre, toi qui as porté si haut le flambeau légué par les descendants d'Alpha Mama le Saint. Tu vivras. »

Yelli l'avait juré sans grande conviction, un jour lointain où, jeune et lucide, il **avait** besoin de coller à un idéal pour donner un sens à sa vie.

Et rien, en fait, ne serait arrivé si l'idée lumineuse ne l'avait visité sur le banc public qui lui servait d'exutoire quand il ne pouvait plus encaisser les scènes de ménage que lui faisait Tacko. Il ne comprenait pas pourquoi, de jour en jour, elle devenait plus amère. L'âge peut-être… Non, non ! La conjoncture… Pas moyen de lui parler.

— Tacko, sois gentille de me coudre le bouton de ma chemise…

— Encore ! Hier c'était le col qui n'était pas très propre ! Aujourd'hui c'est le bouton. Et demain ?

— Mais, y a pas à crier pour si peu ! Les enfants…

— Ils sont assez grands pour comprendre. Ils me voient peiner et comment ! La maison, les habits, la petite bonne. Tout ça dans le petit salaire d'une secrétaire ! Quand tu as fini de payer l'eau et l'électricité, tu capitules. À moi seule le combat de tous les jours…

— Tu parles trop, Tacko. C'est même pas digne de toi. Et puis, surveille ton langage. C'est vilain de parler de capitulation. C'est une injure. Tu sais bien que dans notre famille on ne capitule pas. Les temps sont difficiles, c'est vrai. Patientons. Et n'oublie pas que c'est le sang de Sarebibi et de Dioumana qui court dans mes veines…

— Prouve-le ! Est-ce que eux, ils se contentaient d'être ce qu'ils étaient, ou de le dire ? Ils le prouvaient !

— Tacko, une personne sensée ne doit pas se laisser aller…

— Si tu veux sous-entendre que je suis folle, tu dois être plus fou, toi qui t'es ruiné bêtement parce que des femmes intelligentes ont su tirer sur ta corde sensible. Ta vanité t'a coûté cher. Où sont aujourd'hui les griots à qui tu distribuais tes biens quand ils te chantaient une généalogie enfouie sous les débris du temps et qu'ils servent, selon les circonstances, à tous ceux et à toutes celles qui peuvent faire preuve de largesses, y compris aux parvenus de tous bords et aux esclaves comme cette Naarou qui ne se sent plus ?

— Laisse Naarou tranquille. Qu'est-ce qu'elle t'a fait ?

— Rien du tout. Oserait-elle ! Je la remettrais à sa place. Sa vraie place d'esclave. Qu'elle soit nantie maintenant n'y change rien.

— C'est sa chance…

— Ah bon ! C'est sa chance d'usurper notre généalogie, de se la faire chanter nuit et jour et de s'en glorifier !

— Tu viens de dire que ça ne sert à rien.

— Oui, mais est-ce une raison pour laisser les parvenus s'en approprier…

— Tu exagères. Naarou, sa mère, ses frères…

sont nos parents d'une certaine manière. Et d'ailleurs, cela ne me gêne pas que d'autres viennent s'abriter sous mon parapluie. Ce qui compte, c'est de savoir que le parapluie m'appartient et que je suis le premier à profiter de son service. C'est mon patrimoine.

— Malheureusement, ce patrimoine ne t'aide pas à vivre. Alors, à quoi ça sert ?

— Quand ça t'arrange ça sert, mais quand ça ne t'arrange pas…

— En tout cas ça rapporte à d'autres. Pas à toi. Monsieur pense qu'il est encore au Moyen Âge ; il veut être impeccable parce qu'il est le descendant de Yellimané le héros du Natangué. Yelli, reviens sur terre. Tu n'es ni Sarebibi l'Almamy, ni Yellimané son fils, ni Gueladio le chasseur que courtisaient les fauves, encore moins Dioumana qui pouvait se payer le luxe d'aller dormir dans le ventre d'une baleine tout simplement parce que son Almamy d'époux refusait de l'aimer jusqu'à la folie. Ce n'est pas toi qui es allé la sortir du ventre de la baleine !

Rires aiguës, et encore :

— Écoute : tu es Yelli, tu vis la fin du vingtième siècle avec ses dures réalités. Tu dois t'en rendre compte, sinon c'est moi qui continuerai toujours à baver.

— Tacko, évite de trop parler, y a toujours du venin à…

Là, Tacko l'arrêtait d'une salve de ricanements secs qui le mettaient hors de lui. Comme il s'était fait un point d'honneur de ne jamais lever la voix ni la main sur une femme, il préférait sortir. Il prenait la porte sous les interjections humiliantes de Tacko. *Cem*[1] ! *Ñakk jom*[2] ! *Ñakk njarin*[3] ! Il marchait vers le banc public en se disant que les femmes ont vraiment la mémoire courte. Être malmené comme un malpropre par sa femme et devant ses enfants ! Il cherchait les motivations profondes de Tacko : « Si c'est simplement une question matérielle, c'est grave. Quand j'avais les moyens, elle ne se privait pas de la cour des griots. » La rancune, peut-être ? Une jalousie longtemps étouffée et que la rancune fait éclater quand il n'y a plus de quoi ?...

C'est vrai, Yelli n'avait pas toujours été un modèle de fidélité. Grisé par le sentiment de puissance qu'il tirait de son aisance matérielle et de ses origines sociales, il s'était laissé guider par ses caprices les plus extravagants, comme de collectionner des épouses et de s'en défaire à sa guise. Il disait à Tacko : « C'est toi que j'aime ; c'est toi que je respecte. Toutes les autres, c'est le sort qui les a

---

1. *Cem :* Interjection qui exprime ici le mépris.
2. *Ñakk jom :* Indigne.
3. *Ñakk njarin :* Bon à rien.

amenées ici. » Et sans doute le pensait-il car, en épousant Tacko, il avait la ferme conviction qu'elle serait le pilier qui devait résister à tous les soubresauts qui menaceraient de déstabiliser sa maison.

Tacko avait su taire ses états d'âme. Par orgueil d'abord : ne jamais accepter d'être poussée hors de chez soi par une rivale. Par soumission à la logique de sa propre famille, ensuite. À quinze ans, elle avait naturellement adhéré à la leçon mille fois répétée : « Union pour la vie. Toute vel-léité de la remettre en cause sera une insulte infligée à nous, ta famille. N'oublie pas que Yelli est ton cousin. »

Et elle était restée comme un roc contre lequel avaient cogné les vagues bruyantes des mariages successifs de Yelli. Puis ce fut le calme plat quand un jour, Yelli découvrit à ses dépens la vérité d'un conseil que lui rappelait sans cesse Birima, un de ses oncles. « Cela peut être excitant de dilapider l'argent mais c'est le plus éphémère des jeux. »

Après la faillite, les femmes étaient parties les unes après les autres. Tacko était restée avec une ribambelle d'enfants : les siens et ceux des autres. Pour les nourrir et vivre sans rien devoir à per-sonne, Yelli s'était arraché avec une grande peine à la villa qu'ils habitaient dans un quartier chic de la ville. Cette maison, la première de ce standing à être acquise, il la considérait comme le plus significatif des biens dont la Providence l'avait gratifié. Villa splendide. Le reflet du marbre, la majesté des colonnes, la douce symphonie des fontaines et des plantes, la somptuosité des lambris et l'air d'abondance qui y planait n'étaient pas seulement les signes d'une réussite sociale mais, davantage, le miroir du jardin intérieur qu'il entretenait par aspiration innée à la beauté et par goût des jouissances terrestres quand les circonstances le lui permettaient.

Il l'avait quittée avec un déchirement soigneusement caché au fond de lui-même, contrairement à Tacko qui ne s'en remettra jamais du fait de ce qu'elle ressentait comme une épouvantable dégringolade.

– Loger dans ces cagibis qui ressemblent à des poulaillers ! Si tu avais été prévoyant, ça ne serait pas arrivé.

– C'est déjà arrivé. Tu ne sais pas ce que ça me coûte... Quand des jours meilleurs se présenteront, nous irons récupérer notre maison. Pour le moment, elle nous permet de payer le loyer ici et de faire face aux dépenses que ton salaire ne peut pas supporter.

Progressivement, la solitude. Les courtisans avaient disparu. Les griots aussi, sauf un : Naani. Lui, c'était un griot pas comme les autres. Il savait être fidèle jusqu'à l'anachronisme. Tout fier d'être le descendant de Lambi – le seul homme au monde qui eût pu dire si l'Almamy Sarebibi avait jamais ri de son vivant –, Naani ne donnait un sens à sa propre existence que par l'héritage des cent dix mille vers qui constituaient l'épopée née de sept cents ans d'histoire de la lignée des Almamy et de celle des chasseurs du Foudjallon. D'abord voisins en coexistence pacifique, puis frères ennemis parce que la loi impénétrable de Dieu avait placé Dioumana la fille du chasseur magicien sur la route de Sarebibi l'Almamy, les deux clans avaient fini par se souder après de longues et sanglantes batailles provoquées par la fuite de Dioumana et le défi lancé à Almamy par Gueladio : il voulait sa fille.

Après la tragédie, la paix. Et l'épopée n'en était que plus belle pour Naani qui la portait tout entière dans sa tête et dans son cœur, comme un sacerdoce.

Naani, une fois l'an, rendait visite à Yelli, même dans le « cagibi » qui semblait avoir donné à Tacko le goût de la parole. Habillé d'un boubou bleu surmonté d'une cape rouge assortie au chéchia, chaussé de bottes jaunes crissant à chaque pas, il entrait dans la maison en appuyant sur la chanson, histoire d'installer le décor. Une scène de souvenirs et d'évocations fabuleuses, mais juste pour quelques heures, car le griot ne voulait sous aucun prétexte rester plus qu'une journée. « Votre ville est un véritable tourbillon ; on y perd le nord. »

Avait-il peur d'y perdre son âme ?

Comme toujours, Naaru fit une entrée décontractée. Elle aimait semer la pagaille et le rire. Elle taquina les enfants : une oreille tirée par ici, une grimace aux uns, quelques mots provocateurs aux autres, et, hop, un pas sûr pour faire irruption dans la chambre des parents sans laisser le temps de se faire rattraper :

– Bonjour, tonton. Mère, comment vas-tu ?

C'est ainsi qu'elle s'adressait à Yelli et à Tacko. Elle avait grandi là, chez eux, et se considérait un peu comme leur fille aînée. Elle y avait vécu jusqu'à son mariage car, dans sa famille, on avait l'habitude de confier les enfants, filles ou garçons, aux descendants des Damel. C'était une façon de perpétuer l'histoire qui, un jour que personne ne se rappelait plus, avait fait porter le joug de l'esclavage aux aïeux de Warèle, l'ancêtre presque mythique de Naarou. L'héritage, plus tard, avait placé Warèle sous la tutelle de Thioro, la mère de l'Almamy Sarebibi.

Pas une fois, au cours de sa longue vie, Warèle n'avait programmé une action en faveur de sa personne. Son existence s'était diluée dans la quête perpétuelle du bien-être et de la réussite de ses maîtres et son paradis à elle fut certainement le jour où, dans son lit de mort, elle eut la certitude d'avoir transmis le flambeau de son dévouement infaillible à sa petite-fille Biti qui, bien sûr, l'honorera jusqu'au sacrifice pour permettre à Yellimané d'assumer son destin : celui qu'attendaient de lui Sarebibi son père et Gueladio son grand-père maternel, celui auquel le vouait sa naissance.

Depuis, la tradition avait allègrement chevauché les siècles sans remettre en question la loi tacitement acceptée d'un cheminement parallèle entre les familles des anciens maîtres et celles qui descendaient des esclaves.

Pourtant, au fil du temps, les « sangs s'étaient mêlés » à l'échelon le plus élevé de la hiérarchie sans entraîner une véritable fusion, l'échange étant inégal : aux hommes nobles de se permettre des escapades amoureuses hors des frontières de leur caste, aux autres de ne chasser que dans les limites de leur territoire.

De génération en génération, la même règle qui avait légué Warèle à Thioro avait prévalu. Même quand l'esclavage fut aboli et que, de part et d'autre on en eut pris conscience, elle continua à fonctionner parce que, sans doute, le temps avait incrusté au plus profond des mentalités une idée complexe de vivre ensemble : quelque chose qui ressemble à un sentiment de parenté avait lié les uns aux autres. Les rapports étaient de supériorité jamais exprimée d'une part, et, d'autre part, de subordination non servile. Non servile vraiment, jusqu'à avoir le choix de dire oui ou non et de le proclamer pour la pérennité du royaume ou de ce qui en resta dans les esprits lorsque la colonisation eut tout balayé.

Véritable mère-poule, Penda aurait certainement été la première à enfreindre la convention dont elle ignorait d'ailleurs, comme beaucoup d'autres, la signification profonde. Les péripéties de sa vie auraient pu l'y prédisposer. Fruit de l'union inattendue de Waly, fils de chef bien placé dans l'ordre de succession, et de Sadaga l'esclave « à la chevelure de soie et à la démarche royale », elle avait été confiée toute jeune à Diaal la défunte mère de Yelli. Cette femme d'une bonté exceptionnelle mourut malheureusement en couches en mettant au monde Fama, la petite sœur de Yelli. Penda en garda un chagrin intense attisé dans le secret de son cœur par l'œil acariâtre et le verbe tranchant de Sekka la co-épouse de Diaal, désormais chargée de son éducation et de celle des deux orphelins. À seize ans elle épousa un Dioula et le suivit peu après au Cameroun. Son rêve de pouvoir y accueillir un jour Yelli et sa sœur fut brisé par la mort brusque du mari qui lui laissait trois enfants : Maram, Soogui et Idy.

Elle expérimenta alors la dure loi de l'exclusion. Considérée comme l'étrangère à abattre, elle fut dépouillée de tout par sa belle-famille, connut la misère de la solitude et de la pauvreté, mais tint bon. Elle avait du caractère et un capital énorme d'endurance morale et physique. Ménages, petit commerce, maraîchage pour nourrir convenablement ses enfants et mettre de côté, franc par franc, la petite somme qui permit de se rendre en car – véritable cercueil roulant – au Zaïre.

Quelques jours après son arrivée elle y rencontra des compatriotes que son aventure émut. Certains d'entre eux tenaient un commerce ou une bijouterie au grand marché. Ils l'aidèrent. Elle put s'installer et faire prospérer un petit restaurant. C'était moins pénible que le secteur du poisson qu'elle avait d'abord essayé. Elle savourait son répit et nourrissait même l'espoir de faire des économies pour regagner sa patrie, mais un beau jour, tout s'effondra à nouveau : chasse à l'étranger. Encore ! Un matin, alors que rien ne l'avait laissé prévoir, le marché fut bouclé par des soldats armés. Ses compatriotes, d'autres ressortissants ouest-africains et elle-même, souffrirent la grande humiliation d'être injuriés, bastonnés, traités de voleurs et jetés dans des camions qui allèrent les décharger dans un camp militaire, non loin de l'aéroport. Parmi eux, de respectables commerçants qui n'étaient là que pour quelques jours, dans le cadre de leurs transactions avec leurs homologues du pays.

Pour une fois, Penda avait senti le vrai poids de la détresse. « Mes enfants ! Rendez-les-moi, bande de voyous ! Vous êtes des sans-cœur ! Assassins, rendez-moi mes enfants ! »

Ses cris hystériques soutenus par les voix déchirantes d'autres femmes avaient dû résonner quelque part dans la carapace d'un des soldats qui les avaient poussées comme du bétail dans les camions : le lendemain d'une nuit de cauchemars, on leur livra un troupeau d'enfants dont les siens, avec une injonction :

— Et maintenant toi là, ferme ta grande gueule, sinon, on te la casse !

— Merde ! Bouffez de la merde !

Elle ajouta d'autres douceurs dans sa langue maternelle et se sentit un peu soulagée, presque heureuse. Elle put alors entendre la colère des hommes, sous le regard affligé des femmes :

— Avoir travaillé honnêtement, à la sueur de son front et voir ainsi tous ses biens confisqués, c'est injuste, inconcevable !

— Le désert d'un seul coup, alors que nous n'avons commis aucune faute…

— Ils nous les rendront !

— Parler comme ça, c'est rêver. Après dix ans

de palabres avec nos gouvernements, ils lâcheront quelques miettes…

— Ce qui me navre, c'est l'hypocrisie de nos chefs qui passent leur temps à parler de fraternité, d'amitié, d'unité, tout en agissant comme les Blancs qui ne veulent plus nous voir chez eux…

— Après que nos pères eurent versé leur sang là-bas !… *Cey*[1], la vie est drôle. Avant, ils venaient nous chercher. Des bateaux pleins de nègres pour aller au secours de la grande patrie. Deux de mes oncles sont morts là-bas. Le troisième nous a été ramené fou. Fou à lier !

— Comme beaucoup d'autres. Les atrocités en Indochine…

— *Ndeysaan*[2] !

— Aujourd'hui, c'est des convois par avion pour nous expulser parce que, disent-ils, nous sentons mauvais !

— N'exagère pas, Modou ! Ils sont racistes, mais ils ne disent pas ça, tout de même !

— Mais c'est vrai, tu ne l'as pas entendu à la radio ? On l'a dit et répété plusieurs fois. Ils ont parlé de l'odeur et du bruit de nos pets…

---

1. *Cey* : Interjection pour exprimer l'étonnement et le désespoir.
2. *Ndeysaan* : Interjection qui exprime ici la pitié.

– Modou, un adulte ne doit pas rapporter de telles grossièretés !

– *Walaay*[1], je n'y suis pour rien. Ce sont les *toubabs* qui l'ont dit.

– Je trouve que c'est moins grave que lorsqu'on le fait entre Africains. C'est pénible de voir que les Blancs peuvent tout se permettre chez nous, et on ne les chasse jamais. C'est révoltant !

– Parce qu'ils donnent…

– Ils prennent aussi !

– Mais ce qu'ils donnent est plus visible que ce qu'ils prennent.

– *Cey*… Où allons-nous !

– Chez nous, pardi, pour y retrouver nos chères épouses ! lança Biram, goguenard.

Certains se mirent à rigoler. D'autres protestèrent : ce n'était pas le moment de faire des plaisanteries de mauvais goût. L'heure était assez grave. Les deux jours suivants, ils furent moins loquaces. La promiscuité, la faim et les pleurs des enfants rendaient l'atmosphère intenable. Ils bénirent mille fois le ciel quand, au cœur de leur quatrième nuit de calvaire, les portes du hangar s'ouvrirent pour d'autres camions militaires qui devaient les conduire à l'aéroport.

---

1. *Walaay :* Interjection pour insister.

Penda sortit du charter de la honte en fuyant les photographes et les caméras ameutés par une dépêche d'agence qui avait déjà fait le tour du monde. « Mille deux cents ressortissants ouest-africains expulsés du Zaïre. On les accuse d'être des clandestins. L'accord de libre circulation des biens et des personnes qui liait tous ces pays ne semble pas avoir été pris en considération. » Elle refusa même de décliner sa propre identité à l'assistante sociale qui l'interrogeait.

– Ton nom ?

– Daba Sangaré, répondit-elle, avec aplomb.

Elle demanda au service d'accueil de la conduire chez une de ses cousines qui habitait Pikine. Jamais elle n'irait étaler sa misère devant Sekka, sa méchante tante qui se délecterait de sa mésaventure. Elle pensa sans le vouloir à son corps sans âme et en éprouva quelque dégoût aggravé par la peur insidieusement distillée par la rumeur et légitimée par les circonstances : « Sekka, c'est sûr, est une pourvoyeuse de malheurs. Son visage cadavérique n'est pas rassurant. Pas d'enfants, pas de confidente. Après Diaal, elle a enterré trois autres co-épouses ! *Asnabulaahi* [1] !

---

1. *Asnabulaahi :* Interjection pour conjurer le mauvais sort.

Pauvre Macodou... » Non, elle n'irait pas à la « grande maison », mais ferait tout pour retrouver Yelli et Fama.

Elle y arriva sans grande difficulté. Le garçon était devenu un jeune homme, beau et élégant. Il disait « être dans les affaires » mais n'avait pas l'air de baigner dans l'aisance. Il avait quitté le domicile paternel, comme un grand, et vivait dans une petite chambre louée chez des amis de la famille. Il parlait avec fierté de Fama qui avait eu le courage, en dépit d'un environnement farouchement défavorable, de poursuivre des études brillantes en médecine, à la grande satisfaction de leur père Macodou. Le vieux fonctionnaire retraité ne concevait la réussite que dans un cursus scolaire et universitaire sans faute, couronné par une belle carrière. La voie dont il avait rêvé pour Yelli, tant mieux si Fama l'avait suivie. Plutôt ça que rien du tout ; mais comme ç'aurait été bien si Yelli avait eu autant de volonté que sa petite sœur !

— Moi, je suis pressé, dit Yelli à Penda. La seule chose qui m'intéresse, c'est l'histoire. Celle de ma famille en particulier et, pour l'apprendre, je n'ai pas besoin de m'éterniser sur les bancs de l'école

C'était le premier jour des retrouvailles.

— Tu as tort, répondit Penda. L'avenir, il faut le construire. L'histoire ne fait pas vivre.

– Ça y aide. Ça donne la force d'affronter le présent.

– Peut-être, dit Penda, quelque peu pensive.

Puis ses yeux brillèrent. Une tirade s'échappa de ses lèvres entrouvertes. Une mélodie captivante :

> « ... *Yellimané l'enfant de l'éclipse*
> *À toi l'empire de la brousse*
> *Et ses mythes et mystères*
> *Quand l'ombre épouse les cimes...* »

Elle s'arrêta et, comme si elle se parlait à elle-même :

– C'est vrai, quand mes problèmes menaçaient de me broyer, je chantais souvent cela. C'était mon port d'attache dans mes moments de naufrage. J'entendais la voix du muezzin et le concert du tam-tam les nuits de *Birële*[1]. Mais la vie est dure, tu sais.

Elle tira sur la barbichette de Yelli et dit fermement :

– Yellimané a mérité l'hymne que la prospérité lui a dédié. Fais comme lui... Sais-tu ce que disent les sages ?

– Qu'est-ce qu'ils disent ?

_____

1. *Birële* : Tam-tam solennel.

– Que l'on hérite sept traits de caractère de son homonyme. Alors, voyons ce que tu as pris chez Yellimané.

Une moue en coin de bouche avant de se raviser :

– Disons plutôt : ce que tu n'as pas pris. D'abord l'obéissance…

Yelli éclata de rire sans perturber Penda qui continua :

– L'obéissance. Yellimané était un *baay faal*[1] de Sarebibi. Avant que celui-ci ne toussât, il avait déjà exécuté ses ordres. Toi, tu laisses tomber tes études et tu sais que ça ne plaît pas à tonton Macodou. Aujourd'hui, il faut avoir des diplômes.

– Y a des fois que ça sert à rien. J'en sais assez pour me débrouiller.

– Y a jamais trop de savoir. Tonton Macodou serait fier…

– Serait-il fier si, après le diplôme, j'en étais réduit à vendre des bonbons ?

– Vendre des bonbons après le diplôme ! Tu racontes des histoires.

– Je vous surprendrai tous. Je n'ai pas suivi le chemin tracé par lui, mais j'arriverai au but fixé, *Inch Allah*… Il veut un itinéraire de dignité et le succès au bout. J'y arriverai ! Avec un plus. Je vous

---

1. *Baay faal* : Qui fait preuve d'une soumission totale.

donnerai plus que ce que vous réclamez. Ça ne suffit pas ! Et tu verras. Je te couvrirai de bijoux, de… de quoi encore ? Que veux-tu ?

– Que tu réussisses, que tu te maries et que tu aies une fille resplendissante qui s'appellera Diaal. Elle sera belle, bonne et généreuse comme ta mère !

– *Amine !*

– *Amine !*

Ils rirent comme deux enfants. Yelli prit congé après que Penda lui eut rempli les poches de beignets et autres gourmandises.

La scène se répéta presque quotidiennement pendant longtemps, longtemps, sous l'œil attendri des enfants de Penda.

Une dizaine d'années plus tard, Yelli épousa Tacko, une de ses innombrables cousines qui, en secret, caressaient le rêve d'un si beau parti. Entre-temps, Penda avait refait sa vie et eu Naarou qui, le jour du mariage de Yelli, était âgée d'un peu plus de six ans. Après les festivités, sur le point de regagner son foyer déserté depuis huit jours, Penda attrapa la main de Naarou et s'approcha de Yelli :

– Yelli, mon petit frère !

– Penda, tu rentres ? Je te remercie mille fois…

– Je suis si heureuse… L'autre souhait qui est dans mon cœur, Dieu l'entendra !

– Que Dieu l'entende !

– Tu es l'oncle de Naarou.

– C'est sûr.

– Je te la confie pour toujours… Tu es son oncle…

Elle écrasa une larme.

– Ne gâte pas les choses, dit Yelli, ému.

Des voix se levèrent :

– Ne gâche pas notre fête, Penda !

– Elle pleure de bonheur.

– Et du fait de devoir se séparer de Naarou. *Ey*[1] Penda, tu n'as pas honte de te conduire comme une poule ?

Elle ne regarda même pas celles qui la chahutaient. Elle étouffa quelques sanglots et reprit, en se tournant vers Tacko :

– Tacko, je dois dire que je confie Naarou… pas à Yelli, mais à toi…

– Ah bon ! plaisanta Yelli. Alors, va chercher un frère ailleurs.

– Tu es un homme, Yelli… La femme est reine de son foyer… Tacko, tu es la nouvelle mère de Naarou. N'est-ce pas Naarou ? À partir d'aujourd'hui, c'est ici ta maison.

Elle secoua nerveusement sa main pour la dégager des petits doigts de l'enfant comme si elle

---

1. *Ey :* Interjection (pas de sens particulier).

avait peur qu'elle ne s'y agrippât. Elle se dirigea vers la porte en ne voyant qu'un brouillard épais et des formes confuses.

Ignorant tout du bouillonnement qui désorientait sa mère, Naarou était enchantée. Changer de cadre. L'aventure, quoi. L'évasion. Mais surtout, surtout : l'espoir de revoir Naani, le seul souvenir qu'elle avait gardé des cérémonies grandioses du mariage. Le griot avait promis de revenir. Il l'avait littéralement subjuguée par son accoutrement d'abord, par la magie qui semblait s'échapper de tout son être, ensuite. Malheureusement, il était parti après l'avoir fait rêver et provoqué des larmes sur les visages fardés des femmes. Les adultes avaient peut-être oublié, mais elle, jamais. Jamais.

Rester chez tonton Yelli, bonne occasion d'attendre le retour du griot. Elle s'était déjà construit un univers flottant dans du nuage et du coton pour y voguer à volonté sous le charme de l'histoire merveilleuse d'une héroïne qui a dormi presque vingt ans dans le ventre d'une baleine. « *Subhaanama*[1] Dioumana… » Ces mots résonneront longtemps… Toujours.

---

1. *Subhaanama :* Interjection pour exprimer l'admiration.

Le griot reviendra. Encore. Et encore. Naarou se mettra à l'école, captera, vers après vers, le chant que toute la famille entretenait avec dévotion mais que des éléments peu scrupuleux – quémandeurs de tous bords et griots indignes – déformaient parce qu'ils en avaient fait un moyen de soutirer de l'argent aux descendants authentiques de Sarebibi et à tous ceux qui, par le poids de leurs portefeuilles, pouvaient entretenir une cour de thuriféraires. Elle ressentait ces falsifications comme un sacrilège. Une raison supplémentaire d'élever Naani au rang d'idole.

Elle apprendra du griot que « Biti, l'amazone à l'allure de guêpe et au cœur de lion » était sa lointaine ancêtre. Elle en éprouvera une fierté considérable et voudra en savoir plus :

– Alors, c'était la grand-mère de ma mère ?
– Oh ! C'est plus loin que ça, ma fille.
– Comment s'appelaient ses enfants ?
– Sira, Dior et Lari.
– Et leurs enfants ?
– Ma petite fille…

Sourire affectueux, les mâchoires en action. Bruit sec de cola écrasée. Petite pause. Une gorgée d'eau, puis :

– Ma petite fille.. Quand on a Warèle et Biti, on peut oublier le reste.

Belle manière d'esquiver. L'usage ne prévoyait pas de retenir la généalogie des esclaves.

Naarou ne s'en apercevra pas, du moins pas avant très longtemps. Une seule chose comptera : la nouvelle musique, plus dense, qui émanera désormais de l'épopée lorsqu'entreront en scène « Warèle de chez Thioro la Linguère » et « Biti la petite-fille de Warèle de chez Thioro la Linguère. » Les longueurs par lesquelles le chant le désigne trouveront une nouvelle fonction : celle de prolonger le temps d'émerveillement et l'immense bonheur de se sentir des liens concrets avec des personnages qui, jusque-là, lui paraissaient réels mais si désincarnés !

Le chant vivra. Fleur précoce, Naarou sourira à la vie. Elle accueillera avec une joie profonde la naissance de Yaye Diaal, l'aînée de Yelli et de Tacko, mais l'enfant mourra à neuf mois emportée par une diarrhée, lui laissant l'image d'une frimousse angélique qui illuminera ses rêves et empoisonnera le jour. Le temps, heureusement, ne s'arrêtera pas : Bouri viendra au monde, objet de toutes les attentions. Fière d'avoir une nouvelle « petite sœur », Naarou jouera à nouveau à la maman : laver la layette, porter bébé au dos, guider les pas hésitants, infliger les premières corrections, servir d'arbitre partial quand naîtront d'autres « petits frères et sœurs » et que les chamailleries, plus tard, empliront l'espace.

Son intelligence aurait pu la mener loin, mais elle rencontrera Amsata, un jeune instituteur, et préférera le mariage à l'école. Elle se mariera et quittera la maison sans vraiment la quitter. Son cœur y restera pour l'affection paternelle de Yelli, bien visible dans le regard, la parole, le geste discret et combien généreux. Pour le mystère des silences de Tacko et, rarement, de ses rires qui semblaient buter contre les rugosités d'une cicatrice. Pour l'amour des enfants et la grande complicité avec Bouri dont elle dira : « Oui, c'est ma petite soeur », « Oui, c'est ma fille aînée. »

Et Bouri deviendra femme à son tour. Elle collera davantage à Naarou d'autant que, pour elle, le bonheur sera de courte durée : un mari de la pire espèce, portant sur le bout de la langue toute la cruauté du monde et derrière son regard placide, un puits de fiel.

– *Ey Yaay*[1], si tu connaissais la vraie nature de Goudi !

– C'est toi qui as voulu l'épouser. Personne ne t'y a forcée.

---

1. *Yaay* : Maman.

— *Yaay*, je veux divorcer.

Stupéfaction.

— Quoi ! Bouri, écoute-moi bien : une enfant de bonne famille ne crée pas le scandale. Déjà ton père et moi avons eu d'énormes problèmes avec ton mariage. Toute la famille nous en a voulu d'avoir accordé ta main à Goudi : nous ne lui connaissons ni parents ni alliances. Tu t'es entêtée et aujourd'hui, même pas vingt mois de mariage, et tu parles de divorcer ! As-tu jamais vu ça dans la famille ?

— Sa langue…

— On n'entend que ce que l'on écoute… Retourne chez toi et tiens ton ménage ! Pense à ceux qui nous regardent !

Cette manière de la congédier ne découragera pas Bouri.

Elle insistera tant et si bien qu'un jour Tacko se montrera disposée à l'écouter. La mine pitoyable de sa fille, ce jour-là, eut raison de sa volonté de toujours opprimer ses sentiments.

— *Yaay*, je préfère l'enfer à Goudi ! J'ai déposé au tribunal une demande de divorce.

— Tu as dit quoi ! *Ey* Bouri ! Tu fais une démarche aussi grave sans nous en parler d'abord ! Tu nous mets devant le fait accompli !

— Papa et toi n'avez jamais voulu m'écouter.

— Évidemment ! Si tu avais dit des choses

consistantes, on t'aurait écoutée. As-tu jamais dit ce que Goudi t'a fait ou dit ?

– Non… Jamais je ne pourrai vous le dire !

Et de fondre en larmes. De se recroqueviller dans l'un des fauteuils que Goudi, justement, avait envoyés là quelques mois plus tôt, après le passage humiliant de l'huissier dont l'image restera gravée pour toujours dans la mémoire de Tacko, avec son complet noir poussiéreux, ses lunettes démodées, son bec de corbeau, la touffe de cheveux grisonnants au sommet de sa tête chauve, sa voix nasillarde :

« … Matelas, cinq ! Le frigidaire ! Quatre fauteuils ! Un canapé… Huit chaises ! Casseroles, marmites, poêles, dans un carton ! » Et le cynisme, la manière royalement élégante dont il prit congé avec une esquisse de révérence : « Au revoir Monsieur. À la prochaine fois ! »

Yelli, allongé sur une chaise longue dans un coin de la véranda, ne lui répondit pas. Il avait les yeux mi-clos.

— Naarou, je ne sais vraiment pas quoi faire…

— Quoi faire de quoi ?

— Père et Mère sont malheureux. Ils ne veulent pas que j'aille m'exposer au tribunal. Pour eux, ce serait un scandale. Mère en fait un problème gros comme ça ! C'est plus sérieux que quand j'ai voulu devenir comédienne… Elle est instruite, elle travaille, mais y a des choses qu'elle ne veut pas comprendre…

— Mets-toi à sa place ! C'est la pression de la famille. Le regard et les murmures des autres. La peur du qu'en-dira-t-on. C'est comme ça, il faut vivre avec… De toute façon, pour ce qui est de devenir comédienne, ça s'est arrangé puisque tu n'as même pas eu le courage de finir tes cours. Le mariage n'était pas un motif valable pour arrêter. Bouri, tu es quand même dispersée ! Pas de suite dans les idées. Aucune persévérance, c'est pas bon !

— Ce n'est pas ça. Avec Goudi, le fait d'être dispersée est le moindre mal. Mes parents avaient peut-être raison d'être réticents… Pas pour les mêmes raisons. Pour moi, c'est sa langue… Incisive comme une piqûre de serpent. Ça me donne la chair de poule… Et ça me bloque comme tu ne peux pas t'imaginer…

– Tu fais l'enfant gâté. Ou tu cherches un prétexte. J'espère que…

Naarou suspendit sa phrase en regardant Bouri avec une mine espiègle. Sans attendre sa réaction, elle ajouta :

– Et puis, dis-moi : depuis quand es-tu devenue muette ? Ta langue, que je sache, tu ne l'as jamais cachée au fond de ta poche !

– Je parle pour dire ce que je veux et ce que je pense. Jamais pour dire le mal ou pour blesser. Goudi, lui, on dirait qu'il éprouve une délectation sublime à dire des méchancetés.

– Quoi par exemple ?

– Les choses dégueulasses qu'il débite, je ne te les répéterai pas.

– Si on te dit des choses que tu ne peux pas répéter, même à moi qui suis ta sœur, c'est que tu les as commises ! Bouri, tu as passé l'âge des caprices. Chaque jour tu te montres plus insupportable.

Naarou se leva, enfila son boubou, ajusta son mouchoir de tête devant la glace de l'armoire. Elle s'apprêtait à aller vaquer à ses occupations et à la laisser là, couver autant qu'elle voudrait ses enfantillages.

– Naarou !

– Fiche-moi la paix, *waay*[1] ? Dieu t'a donné un

---

1. *Waay :* Interjection.

mari beau, calme, avec une belle situation et tu emmerdes tout le monde. Attends que des filles plus intelligentes te l'arrachent. Tu n'es plus une petite fille, Bouri !

– *Ey* Naarou, si tu savais !

La voix plaintive de Bouri l'arrêta. Ce ton, c'était du neuf. Jamais elle ne l'avait perçu chez Bouri. Elle l'écouta avec attention :

– Goudi et moi, nous nous sommes mariés depuis deux ans et demi. Je peux dire que depuis plus de deux ans, je vis un calvaire terrible. Il veut un enfant. Il a des manières de me le dire et, quand il le dit de ces manières, j'ai envie que la terre se fende et qu'elle m'engloutisse à jamais… Lorsqu'il décoche un, deux, trois mots, je sens jusque dans mes os le jet glacial d'une bave gluante, puante, immonde, qui me paralyse totalement. Et ça recommence… ça recommence… C'est peut-être la raison pour laquelle je n'ai pas d'enfant… Tante Fama m'a fait faire toutes les analyses possibles ; je suis normale. Elle m'a dit que l'enfant viendra quand je n'y penserai plus. Mais je ne peux pas ne pas y penser à cause de Goudi… Tout ça, j'ai honte de le dire à Mère… Et aussi, sa façon de m'humilier. Ce matin, tu sais ce qu'il m'a répondu quand je lui ait dit que je rêvais d'ouvrir un salon de beauté ? Il m'a dit : « Vous les aristocrates en haillons, vous aimez rêver. Puisque tu ne sais rien faire de tes dix doigts, cite-moi quelqu'un de chez toi qui peut t'offrir un salon de beauté ! »

Sa voie s'étrangla sous les sanglots. Naarou l'entoura de ses bras affectueux. Elle la laissa pleurer, contenant elle-même sa peine, silencieusement. Au bout de quelques minutes, elle lâcha son étreinte, s'assit sur le lit, en face de Bouri. Elle se sentait vexée.

– En haillons ! Nous, en haillons ! Où est-ce que Goudi Niamaka a vu ça ?

– C'est à cause des difficultés de Père. En même temps il leur envoie des cadeaux qu'ils ne lui ont même pas demandés. On n'est pas des mendiants. Père est en faillite, mais il n'a jamais rien mendié auprès de personne !

– Arrête, Bouri. Ça, c'est des bêtises. Il y a plus important. Lui as-tu montré les résultats des analyses ?

– Oui. Mais il ne les a pas regardés. Il a juste ricané.

– C'est parce qu'il sait que tu es jeune et bête. Tu aurais dû lui dire que c'est lui qui est incapable de faire des enfants.

Bouri la regarda avec l'air de dire que ça ne changerait rien.

– Il faut lui dire d'aller se faire voir. C'est trop facile : quand y a pas d'enfant, c'est toujours de notre faute.

— Je n'y ai jamais pensé. Son comportement m'a tellement désarmée... que l'idée que cela puisse venir de lui ne m'a jamais traversé l'esprit.

— Moi, je croyais tout simplement que tu voulais attendre... À ton âge, un enfant, c'est pas pressé.

— Père et Mère ne me pardonneront pas d'être allée au tribunal, mais j'étais obligée...

— Laisse-moi réfléchir à la manière d'arranger les choses.

*

Le lendemain, de très bonne heure, la sonnerie retentit chez Bouri au moment précis où Goudi dégustait la première gorgée du café que le boy venait de lui verser. Les effluves d'un arôme délicieux dans les narines, les yeux mi-clos, il essayait de se remettre d'aplomb après le coup de massue qu'il venait de recevoir de Bouri. Il y pensait en s'étonnant de sa vulnérabilité. Était-ce possible ?...

Deuxième sonnerie. Goudi alluma une cigarette. « À cette heure-ci, qui ? »

— Diassé ! Va ouvrir.

Le boy se précipita vers la porte. Quelques instants après, Naarou apparut, de toute la hauteur de sa grande taille. Quelle allure ! Dans sa démarche, dans son regard, une fermeté qui impose le respect et, en même temps, une sorte de tendresse communicative. Elle salua avec courtoisie.

– *Assalaamalikum.*

– *Maalikum salaam.*

Goudi alla à sa rencontre.

– Naarou, sois la bienvenue.

– Goudi Niamaka. Comment ça va ?

– Ça va, dit Goudi.

Il fit un geste en direction de la table pendant que Naarou se calait dans un fauteuil.

– Viens prendre le petit déjeuner. C'est prêt.

– Merci, Niamaka. Moi, je suis matinale. À six heures, je l'ai déjà pris.

– Vraiment ! Même pas un croissant ?

– Merci. Va prendre ton café avant qu'il ne refroidisse. Et Bouri ?

– Je l'appelle…

– Non, ne l'appelle pas ; c'est à toi que je voudrais parler… Quand tu auras fini de prendre ton petit déjeuner.

– Rien de grave ?

– Rien de grave.

Le sourire de Naarou n'y fit rien : le malaise de Goudi s'intensifia. Pourquoi cette visite si matinale et pourquoi en ce jour précis où, quelques minutes plus tôt, il avait eu la surprise de sa vie : voir Bouri prendre l'initiative de l'attaque. Jusque-là, toute initiative lui appartenait. Une sorte de droit divin sur l'organisation de leur ménage. Décider des périodes de lune de miel et de nuits de tempêtes. Bouri lui avait toujours donné l'impression de ne savoir faire que deux choses : l'aimer et exploser de temps en temps pour vider son chagrin. Or, ce matin-là, ils ne parlaient que de futilités et, tout d'un coup, Bouri s'était dressée en face de lui, sous le masque d'une furie, et lui avait jeté en pleine figure : « *Cem* ! tu n'es même pas un homme ! Tu n'es pas capable de faire des enfants ! Tu le sais. Moi, je suis normale. »

Cette sortie inattendue l'avait littéralement assommé. Son amour-propre bafoué, sa dignité d'homme blessée, quelle horreur ! Autant dire la négation de son être ! Lui, d'une nature si froide, que rien ne semblait pouvoir atteindre moralement, se découvrit soudain quelque faille là où il ne l'aurait jamais imaginé. Les premières secondes passées, il avait bondi comme un tigre mais Bouri avait eu le réflexe d'aller se barricader dans la salle de bains. Il avait alors grillé des dizaines de cigarettes avant de se décider à prendre son petit déjeuner. Un café serré lui ferait du bien.

Il n'aura pas le temps de le finir. D'ailleurs, il était déjà froid.

Il s'assit en face de Naarou. Celle-ci fit semblant de chercher par quel bout commencer et démarra à petite vitesse.

– Goudi, tu m'excuseras…

– Je t'en prie, Naarou. Tu es chez toi.

– Tu sais que Bouri est ma petite sœur. Jeunes mariés, vous avez toute la vie devant vous, n'est-ce pas… Le mariage n'est pas une petite chose, n'est-ce pas… Quand deux jeunes se marient, le premier souhait que tout le monde formule, c'est l'élargissement de la petite famille. Pas par une co-épouse, bien sûr.

Naarou sourit pour détendre l'atmosphère. Goudi resta de marbre en la regardant droit dans les yeux. Elle continua, sérieuse :

– L'enfant, c'est le soleil du foyer.

La porte de la cuisine qui donnait sur la salle à manger s'ouvrit.

– Naarou !

La voix de Bouri fit l'effet d'une brûlure sur les nerfs de Goudi. Très étonnée de la présence de Naarou et de celle de Goudi qu'elle croyait parti depuis un moment, elle s'écria encore :

– Naarou, qu'est-ce qui t'amène à cette heure-ci ? J'espère qu'il n'y a rien de grave.

– Assieds-toi, lui dit Naarou. Fermement et en lui désignant le fauteuil d'à côté.

Bouri s'installa. Naarou ne lui fit aucune remarque en la voyant déployer son écharpe et s'en couvrir la tête et le visage, entièrement. Elle continua :

– L'enfant est un don de Dieu, mais si vous êtes impatients, vous devriez aller chez le médecin, tous les deux.

– Moi, je suis allée me faire voir. Il le sait bien ! Et je suis normale.

– Et toi Goudi…

– Qui n'est pas normal ? hurla-t-il avec rage.

Ses yeux se colorèrent. Ses mâchoires se contractèrent. Une grosse veine se dessina en saillie au-dessus de son nez et se perdit dans sa chevelure épaisse qu'il n'avait pas encore eu le temps de peigner.

– Gardons notre sang-froid, dit Naarou qui commençait pourtant à s'énerver. Bouri est jeune ; elle ne connaît rien de la vie. J'ai sur vous deux l'avantage de l'âge. Je dis : puisqu'il est établi qu'elle est normale, tu devrais te faire voir pour que tout soit clair ! Pour la paix de votre ménage !

Ça lui parut à la fois idiot et déshonorant. Un homme apparemment bien constitué qui irait voir le médecin (un gynécologue, sans doute ?) pour lui dire : « Je n'arrive pas à faire des enfants », quelle pitrerie dans l'inversion des rôles ! Avait-on jamais vu ça !

Exaspération. Mais le plus sincèrement du monde car, pour lui et pour bien d'autres, la stérilité a toujours été une affaire de femme. Dans son village, quand un couple n'avait pas d'enfants, c'est que la femme était tarée, et si elle était tarée, c'est qu'elle portait en elle une malédiction. Quand un homme n'arrivait pas à perpétuer son nom malgré une collection d'épouses, c'est parce qu'il avait une femme « djinn » qui, par jalousie, rendait stériles toutes les autres. Ces dernières voyaient ainsi leur destin scellé pour toujours. Lorsqu'elles divorçaient, aucun autre homme n'osait les épouser par crainte de représailles de la « djinn. » Il arrivait que certaines femmes eussent la bonne idée de tromper la vigilance de la co-épouse « djinn » en mettant au monde des enfants qui, des fois, ne présentaient aucune ressemblance avec un membre de la famille paternelle. Tout le monde s'accordait à dire d'eux : « C'est un vrai don de Dieu. » Et on fêtait l'événement à la mesure d'un « vrai don de Dieu ».

Goudi avala sa salive, regarda encore Naarou qui attendait une réponse. Instinctivement, il fit claquer ses phalanges, baissa longuement la tête dans une attitude de profonde réflexion.

Chercher le moyen de faire payer une telle humiliation. D'une manière décisive. Sans appel.

Il se redressa.

– Bouri ! dit-il avec une admirable maîtrise

qui permit tous les espoirs à Naarou. Bouri ne répondit pas.

– Bouri !

– Tu ne peux pas répondre ? dit Naarou en arrachant l'écharpe qui cachait le visage de Bouri.

Bouri regarda Goudi. Comme une révélation ! Quelque chose bougea en elle. Goudi tel qu'elle l'aimait : le visage des lunes de miel, la voix qui a toujours eu le don de calmer toutes les tempêtes. Va-t-il renaître, l'homme qui lui a fait entrevoir les feux étincelants du paradis ! Quand la lumière jaillit, on oublie les ténèbres. Prête à oublier.

– Bouri !

– Oui…

– Je divorce une fois, je divorce deux fois. Je divorce trois fois.

Il savait qu'aucune loi de la République n'irait infirmer son décret, tout simplement parce que la partie à qui il avait affaire n'irait jamais étaler sa défaite au tribunal.

Il se leva, laissa là Bouri et Naarou immobiles comme des momies, fit claquer la porte.

Le vrombissement de la voiture les tira de leur torpeur.

Naarou et Bouri arrivèrent au moment où Tacko s'apprêtait à aller au travail. Yelli égrenait les perles d'un long chapelet. Un jour de canicule. Dans ce quartier populaire à loyer modéré, tout le monde sortait après le déjeuner pour chercher un peu de fraîcheur à l'ombre des arbres. Heureusement qu'il y en avait partout dans la cité. Les maisons à toit très bas avec de toutes petites chambres étaient comme des boîtes. Vraiment exiguës pour les familles nombreuses qui s'y entassaient. La rue offrait l'espace vital nécessaire.

Les uns étaient allongés sur des nattes pour une petite sieste, d'autres commentaient les rumeurs du jour avec des éclats de rire, des interpellations et des interjections, d'autres encore se livraient à toutes sortes d'activités : couture, jeux de cartes, lessive, coiffure, thé, cauris, prières. Un grouillement continu. Une animation permanente et les yeux toujours ouverts sur la porte du voisin.

Tacko avait eu beaucoup de mal à s'y habituer. La villa luxueuse qu'ils avaient dû quitter la mort dans l'âme continuait à étaler ses magnificences dans son imagination chaque fois qu'un rien réveillait les frustrations dont elle n'arrivait pas à se défaire. Un rien : comme de voir Naarou de plus en plus resplendissante et apparemment bien lotie. Et de souffrir de ce qu'elle considérait comme une perversion de l'histoire. « Cette petite esclave qui prend de grands airs maintenant… » Ses rancœurs avaient préparé un lit douillet à la jalousie et elle ne s'en était même pas rendu compte, préférant s'accrocher désespérément à l'idée de sa supériorité pour légitimer le mépris avec lequel elle assistait à la promotion sociale de Naarou et des siens.

Pourtant elle n'avait manifesté aucune réaction négative lorsque, quinze ans plus tôt, Amsata Gaye avait demandé la main de Naarou. C'était un fils de bonne famille comme elle l'entendait. À l'époque, elle était « dans les *ndënd*[1] » comme on disait. Épaulée par Yelli, elle avait dignement fait face à ses obligations, à la grande satisfaction de l'impressionnante foule de parents, d'amis et d'alliés présents à la cérémonie du mariage. Penda avait ému l'assistance en énumérant tous les bienfaits dont Yelli et sa femme les couvraient nuit et jour, sa progéniture et elle-même. Une fois de plus elle avait clamé qu'elle avait mis Naarou au monde mais que sa mère, celle qui l'avait élevée et entourée de tendresse, était bien Tacko. Parmi de

---

1. *Ndënd :* Tambours. Être dans les *ndënd* : être à l'apogée de la gloire.

nombreux exemples de la sollicitude du couple Tacko-Yelli, elle avait cité celui de son fils Idy que le traumatisme de leur expulsion du Zaïre semblait avoir condamné à ne jamais rien réussir dans la vie : ni l'école, ni les apprentissages. Yelli avait alors loué un local, l'avait rempli de denrées alimentaires et avait convoqué Idy : « C'est un cadeau de l'oncle au neveu, lui avait-il dit en lui remettant les clefs. Une dette plutôt… que tu rendras demain à ton neveu. »

La fête avait été belle. Tacko avait semblé avoir senti la pureté de la joie communicative qui irradiait le visage de Naarou. Peu encline à discourir, elle avait emprunté la voix d'une de ses griottes pour exprimer publiquement sa fierté d'être la « mère » de celle que tout le monde congratulait pour le respect qu'elle vouait à ses parents, pour son ardeur au travail, pour sa gentillesse, bref, pour sa bonne éducation.

Puis l'heure de la séparation avait sonné. Ce jour-là, Tacko avait tamponné ses yeux humides, entraînée peut-être par la tristesse de Bouri fort déçue par le refus de sa mère de la laisser partir avec Naarou alors que celle-ci, auparavant, avait maintes fois émis le souhait de prendre en charge sa « petite sœur » comme elle-même l'avait été, et qu'aucune objection – ni de Yelli ni de Tacko – n'avait été le présage d'un tel refus. Bouri accompagnera seulement Naarou jusqu'à sa nouvelle demeure. Comme tout le monde. Elle ne dégustera ni le *laax*[1] fumant de l'accueil, ni aucun des mets du festin qui suivit peu après. Le cœur n'y était pas. La voix chevrotante de la vieille Sekka la surprendra.

— Bouri ! Où est Bouri ?

— Me voici, *Maam*[2].

— Ta mère m'a dit de ne pas te laisser ici. Partons.

— *Maam*, restons encore un peu…

— Il se fait tard pour quelqu'un de mon âge. En plus, Macodou est tout seul et tu sais qu'il est malade.

Ce soir-là, en regardant la vieille Sekka clopiner tout en ayant l'air de charrier une puissance aussi mystérieuse qu'inquiétante, elle réfréna une folle envie de se saisir de quelque chose, n'importe quoi – une des calebasses à moitié remplies de *laax*, par exemple – et de le lui flanquer. Paff ! Sur le visage pour la punir de déverser une coupe de chagrin dans son cœur déjà gros. Elle se demandera encore pourquoi sa mère était pratiquement la seule personne à avoir des relations suivies avec cette méchante vieille que l'âge n'avait apparem-

---

1. *Laax :* Pâte de mil ou de riz servie avec du lait caillé.
2. *Maam :* Grand-mère.

ment pas adoucie. L'enfant qu'elle était ne chercha pas de réponse à sa propre interrogation et se contenta d'avaler l'âpre boule qui lui obstruait la gorge.

*

Tacko leur laissa le temps de s'introduire dans le salon sans rien faire paraître de son anxiété. Ce n'était pas courant de voir Bouri et Naarou afficher cet air trop sérieux. Et cette chose si rare de déceler la colère dans les gestes et sur le visage de Naarou, et de l'entendre crier de la sorte sur le chauffeur qui trimballait une valise !

— Qui te l'a demandé ! Faut-il tout te dire ! Avais-tu besoin d'ouvrir la malle devant tous ces curieux et leurs yeux braqués sur nous !

Le chauffeur ébahi n'eut pas le temps de s'expliquer. Naarou arracha la valise en lui intimant l'ordre d'aller refermer la malle. Elle jeta littéralement la valise au pied d'un fauteuil.

Elle était essoufflée.

Elles s'assirent. Tacko resta debout. Comme elles ne se décidaient pas à parler, elle demanda, amère :

— Mais enfin, qu'est-ce qu'il y a ?

— Mère...

Bouri coupa Naarou :

– Goudi m'a chassée. Il a dit : « Je divorce une fois, je divorce deux fois, je divorce trois fois. »

Ces mots tombèrent dans l'oreille de Yelli qui entrait. Il marqua un temps d'arrêt, serra les mâchoires et les poings. Tacko eut le souffle coupé. Quelle surprise cruelle et déshonorante ! Elle écarquilla les yeux, porta la main à la bouche dans une attitude de douloureuse stupéfaction, sentit ses jambes flancher et se laissa tomber dans le fauteuil d'à côté, en face de Bouri et de Naarou. Elle les regarda comme pour s'assurer de leur réalité. Ses yeux de panthère à l'affût les glacèrent d'une sorte de terreur sournoisement attisée par le silence oppressant, l'exiguïté de la pièce et la silhouette de Yelli qui se faufilait comme un fantôme entre chaises, fauteuils et bancs avant de contourner la valise et de se loger délicatement dans le dernier fauteuil. Cercle fermé. Un sentiment accablant de vide pour tout le monde sauf pour Tacko qui, dans sa chair meurtrie par la honte, suffoquait littéralement. Elle avait l'impression d'être ballottée dans le fleuve d'une foule immense, compacte, qui ne lui laissait pas un mètre carré d'espace pour respirer. Elle suait, suait, suait. La gorge sèche. Chose curieuse : elle n'entendait plus aucun bruit, mais le silence dense de la rue, et les yeux qui parlaient là, en face de la maison et bientôt dans tout le quartier ; elle voyait une chaîne interminable de bouches et d'oreilles, ainsi que les rictus, les claquements de mains et les tortillements des hanches de Lobé le *goor-jigéen*[1] du coin ; elle entendait le ton de confidence qu'empruntera tante Sekka pour s'émouvoir et rappeler les propos malveillants de certains membres de la famille hostiles au mariage de Bouri et d'un « quidam nommé Goudi surgi de la nature avec ses moustaches, sa barbe, une voiture et de beaux costumes. *Ey* Yelli avant d'offrir la main de notre fille à la nuit, assure-toi qu'elle fera place au jour[2]. »

Tacko eut envie de pleurer. « Jamais, jamais », lui dit son orgueil blessé. « Pleurer parce qu'un parvenu comme on en voit tant a répudié ta fille ! » Non. Pas seulement ça. « Le sort qui semble éprouver un malin plaisir à s'acharner contre nous. Tout périclite, même notre honneur, devant des individus qui, hier, n'avaient rien, n'étaient rien et qui, par une aberrante inversion des situations confisquent tout. Jusqu'à notre histoire… Insupportable… »

– Goudi Niamaka est un petit, un arriviste ! fulmina-t-elle. Mais toi, Bouri, qu'as-tu fait pour

---

1. *Goor-jirgéen :* Travesti.
2. Allusion au prénom de Goudi qui, en wolof, signifie nuit.

qu'il ait eu le culot d'agir ainsi comme si tu n'étais qu'un chiffon à jeter par-dessus la fenêtre ?

— S'il a voulu nous humilier, il n'a pas raté son coup, ajouta Yelli, la gorge serrée. Il faut qu'il s'explique. Y a quand même des manières plus élégantes de divorcer...

— Et comme par hasard, quand des choses de ce genre arrivent, c'est Naarou qui est là, pas moi ta mère, ni ton père !

— Mère...

— Ne m'appelle pas Mère. J'ai toujours senti que tu voulais notre déchéance. Tu es toujours présente quand la honte nous tombe dessus. Ah, ah ! Parce que tu es bien grasse aujourd'hui, couverte de bijoux, courtisée par les flagorneurs...

— Arrête, hurla Yelli, scandalisé et sentant fortement l'ouragan. Mais enfin Tacko, Naarou est ta fille !

— Non ! Elle restera toujours l'esclave qu'elle a été pour mes ancêtres qui l'ont achetée...

— *Ey yaay*, s'indigna Bouri en se levant et en plaquant sa main sur la bouche décharnée de sa mère. Quelques espèces d'aboiements, puis le silence du côté de Tacko. La rue s'était sans doute imposée à nouveau.

Naarou ne bougea pas. Tout d'abord abasourdie, elle se demanda si elle n'était pas en train de vivre un cauchemar. Ensuite elle éprouva un terrible sentiment de désolation, comme si tout ce à quoi elle s'était accrochée jusque-là s'était brusquement disloqué. Cette famille, entité unique et irremplaçable qui, pour elle, a toujours été sa source de vie, voilà que Tacko l'en excluait d'une manière brutale et avilissante. Une esclave ! Elle aussi ! Ça lui parut à la fois grotesque et pénible. Elle sentit sur le bout des lèvres une petite phrase dictée par son esprit toujours très vif : « Mère, si tu peux payer mon prix aujourd'hui, je suis à toi. » Elle regarda Yelli et avala sa petite phrase, pour ne pas accentuer la peine de tonton Yelli. Elle mesura l'éternité de son désarroi bien visible dans ses mains qui tremblaient et dans la colère qui éraillait sa voix pendant qu'il criait :

– C'est moche et indigne ! Sortir ces laideurs, à Naarou qui est notre fille ! Tu as enfourché le cheval de la jalousie et tu as franchi une limite interdite. C'est monstrueux !

Tacko ne réagit pas. Yelli passa tout près d'elle et sortit. Lorsque Naarou fut sûre qu'il s'était éloigné, elle se leva et s'adressa à Tacko le plus calmement du monde :

– Mère, si Warèle n'avait pas été là, rien ne se serait passé qui t'aurait permis de me traiter d'esclave. Sans Biti, l'épopée aurait foiré. Au revoir, Mère. Bouri, au revoir.

Elle sortit. Bouri la suivit. La rue avait presque

fait le plein. De nombreuses mains s'agitèrent
pour les saluer quand la voiture démarra.

Sur le banc public, dans un petit jardin rectangulaire qui ne méritait plus son nom. Les parterres de gazon avaient laissé la place depuis belle lurette à des carrés de terreau piqués çà et là de quelques touffes d'herbes brûlées par le soleil. Tout autour, des acacias à distance égale. Leurs branches touffues formaient une voûte au-dessus des bancs jadis peints en vert. Malgré les détritus partout éparpillés, Yelli trouvait l'endroit agréable parce que, de son banc, il pouvait apercevoir sa maison – celle des jours fastes – et se réconforter de l'idée que tout n'était pas perdu. Au-delà de ces considérations sentimentales, le « jardin » l'attirait par la paix intérieure qu'il lui procurait et pour la sécurité qui y était assurée contrairement à d'autres lieux du même genre où des désœuvrés de toutes sortes installaient leurs quartiers, s'adonnaient à des jeux interdits, fumaient le chanvre indien ou consommaient d'autres drogues en attendant l'occasion de faire les poches à quelque promeneur distrait.

Le havre de tranquillité après les foudres de Tacko. L'île-miracle des bouffées d'air salutaires pour se redire que le bonheur, finalement, est dans les choses simples. Le « jardin » : un monde. Un territoire bien délimité où chacun respecte et protège le domaine de l'autre. Rien que des habitués. À un angle, deux bancs pour des pères de famille à la retraite. Ils sont friands de commentaires sur la rumeur, l'actualité et la politique. Ils ne dédaignent pas de chuchoter quand passent de belles femmes à la croupe généreuse. « *Ey paa yi !* disaient certains jeunes, *bëgg na ñu lu neex de*[1] *!* »

À l'autre bout, un libraire « par terre »[2]. Il avait été chassé de là à plusieurs reprises par les services municipaux qui estimaient sans doute qu'il n'avait pas sa place dans ce quartier de riches où les villas cossues constituaient un tableau architectural incroyable dans sa diversité : du soudano-sahélien, du baroque, du byzantin et aussi du moderne. Pourtant l'ensemble dégageait un air d'harmonie soutenu par la verdure plus luxuriante que dans le « jardin », par les couleurs et par le ciel.

Yelli avait porté son choix sur un banc du milieu, dans le sens de la longueur. De là, il s'offrait la mimique des vieux retraités, et ça l'amusait. En tournant la tête à droite, il pouvait compter le nombre de passants ou contempler le tapis bariolé que le libraire « par terre » avait composé grâce à une multitude de publications. L'étal, malheureu-

---

1. Ces « *paa…* » ? Ces vieux aiment le plaisir.
2. Un étal de publications à même le sol.

sement pour lui, ne restait pas longtemps intact : d'honorables messieurs, des dames pimpantes et de nombreux *toubabs* sortaient de leurs villas somptueuses pour acheter ou échanger livres, romans policiers, presse sous toutes ses formes, au grand bonheur d'Amath. Il ne savait ni lire ni écrire mais menait son affaire plutôt bien. Yelli s'en réjouissait car, très vite, il avait sympathisé avec cet homme affable et débrouillard. Il admirait sa candeur et la sérénité qui l'habitait au point que jamais il ne faisait grise mine quand les retraités envahissaient son étal pour emprunter le journal afin de satisfaire leur curiosité sans rien débourser, avant de démarrer les discussions du jour.

Régulièrement, des bandes de jeunes adolescents venus des quartiers populaires situés pas très loin étanchaient là leur soif de lecture : bandes dessinées, magazines pour adorer leurs dieux du sport ou du show-biz. Toujours gratuitement, sauf quelques rares fois où le désir irrésistible de s'approprier l'article les poussait à laisser quelques pièces dans la main d'Amath en promettant de compléter plus tard. Ce dernier faisait semblant de grommeler et tout se terminait par un contrat verbal de dette payable quand l'adolescent deviendrait « quelqu'un ».

Pressentant des affinités bien au-delà de la cordialité née d'une simple rencontre, Yelli avait un jour demandé à Amath ses origines. Ils furent tout surpris de découvrir que leurs lointains ancêtres étaient de la même région. En fouillant dans le temps et en exhumant des souvenirs, ils crurent avoir décelé des liens de parenté et se considérèrent comme des cousins. La plaisanterie pouvait prendre place.

Cet après-midi-là, Yelli arriva et ne put cacher sa tristesse. Il répondit mollement aux provocations d'Amath.

– *Seydi*[1] *!* Tu as l'air de quelqu'un qui a faim alors que le déjeuner n'est pas encore digéré !

Pour toute réponse, Yelli fit un signe de la main, prononça quelques mots inaudibles, pressa le pas et s'affala sur son banc.

Amath, évidemment, le rejoignit et eut droit à une explication rassurante :

– Mes migraines. Aujourd'hui, la crise est aiguë.

– Ça te prend trop souvent ces temps-ci, dit Amath sur un ton qui trahissait son inquiétude.

– La fatigue. La chaleur. Rien d'autre… Je dois rester calme.

Amath voulut lui faire des massages sur la tête.

---

1. Équivaut à « Monsieur ».

– Je dois rester calme, répéta Yelli. C'est le seul remède.

Amath marmonna quand même quelques paroles mystérieuses, souffla sur la tête de Yelli et regagna son étal en jetant de temps en temps un coup d'œil sur son cousin qui somnolait, dos adossé au banc, jambes croisées.

Encore une fois, Yelli chercha à comprendre. Jamais il ne s'était senti aussi angoissé. Il avait mis la question du divorce de Bouri dans un tiroir à ouvrir dès la nuit quand il irait informer son père, pour arrêter avec lui les modalités de l'action à mener afin de faire comprendre à Goudi qu'il n'avait pas épousé une « chose » mais une jeune fille de bonne extraction. Il voulait savoir : pourquoi la hargne tenace de sa femme et cette fixation sur Naarou !

Ce n'étaient pas seulement les colères imprévisibles d'une femme dans la maturité de l'âge. Ni l'expression d'un ras-le-bol devant les vicissitudes de la vie. Tacko était allée plus loin que ça. Trop loin ! Elle avait franchi les bornes. Intolérable ! Elle avait mis en pièces la toile sacrée dont les mailles serrées portaient l'empreinte de vies, différentes sans doute, mais liées pour l'éternité par le sentiment de ne constituer qu'un corps dans un immense agglomérat où chaque particule ne peut survivre que de la force des autres. Rompre cette unité, en éjecter Penda et Naarou pour les reléguer dans les coulisses du mépris, quelle atteinte à la morale et à la philosophie du *wollëre*[1] !

Pour la première fois, il se demanda : « Où est-ce que Tacko est allée déterrer ces incongruités ? » Il pensa brièvement à la vieille Sekka mais ne voulut pas s'y attarder. L'image de son père s'imposa : la figure grave du vieillard et sa voix affaiblie par l'asthme et les ravages d'un rhumatisme articulaire. Yelli crut entendre : « Ma fille… Pourquoi prononcer des mots qui ressemblent à la trahison ? Qui blessent pour rien ? Naarou est ta fille… Nous sommes une famille… Nos sangs se sont mêlés quelque part. Depuis longtemps ! »

Yelli eut honte. Une sensation d'étouffement. Puis, à nouveau, le visage de Tacko lorsqu'elle déversait sa haine sur Naarou. Méconnaissable. Était-elle en train de dévaler la pente vertigineuse de la folie ? Ô labyrinthe du désordre ! *Yalla tere*[2] !

Yelli se secoua, entrouvrit les yeux pour regarder le ciel et s'assurer que le monde était intact. Cette question, comme elle était cruelle ! Yelli la chassa avec la dernière énergie pour

---

1. *Wollëre :* Le devoir de sauvegarder les liens, le sens de la fidélité.
2. *Yalla tere !* : Que Dieu ne le fasse pas !

prendre le dessus sur la souffrance poignante qu'elle engendrait.

Il referma les paupières et, volontairement, emprunta la pirogue de souvenir. Tacko Biram Penda réapparut parmi une vingtaine de cousines et de sœurs en âge de se marier. Elle n'était pas la plus belle. Cependant, quelque chose de pas très net mais de réel la distinguait des autres. Cela tenait à l'alliance de la fierté, de l'intelligence et d'une fermeté de caractère bien visible dans son regard et dans sa démarche. On sentait dans son allure une volonté de contenir toute exubérance, même aux moments où son visage rayonnant respirait la joie de vivre. C'était le cas le jour où Yelli avait décidé d'en finir avec les sous-entendus que Tacko feignait toujours de ne pas comprendre :

– Alors, Tacko Biram Penda, à quand le mariage ?

Une émotion de jeune fille amoureuse. L'esquisse d'un sourire, puis :

– Après toi… Tu es le grand frère, non ?

– Tu sais bien ce que je veux dire. Ne te dérobe pas. Ce sera avec toi… ou jamais.

« Menteur » avait pensé Tacko.

– Tacko : tu seras mon épouse… Dès ce soir je parlerai à oncle Biram Penda.

Tacko l'avait regardé avec un sang-froid qui

l'avait surpris. Sans dire un mot. De longues secondes, puis :

— Non. Ne dis rien à Père... Je viens de réussir à mon certificat d'études. Je sais que tu as de quoi m'entretenir si nous nous marions. Mais je veux travailler. J'ai perdu ma mère trop tôt...

— Moi aussi.

— Toi, tu as eu la chance de n'avoir pas connu ta mère ; tu étais tout petit. Moi, j'avais onze ans. Je ne l'ai pas oubliée. Même très malade, quand je l'aidais à avaler sa bouillie, elle me disait : « Travaille bien à l'école pour avoir un métier. » C'était son plaisir à elle. Je veux le lui offrir.

— Tu ne veux que ça ?

- Oui. Avoir un métier avant le mariage.

Elle n'avait pas dit le reste à Yelli : ce que tante Sekka lui avait raconté à petites doses quand elle allait chez elle pour des commissions et plus tard, lorsqu'elle lui rendait visite. « La vie n'est pas simple, ma fille... Tu dois savoir, reconnaître et distinguer... Ta mère a été victime de sa naïveté... Je lui disais : Kantôme, apprends à voir ce qui n'est pas encore arrivé... Le serpent était à ses pieds et elle ne le soupçonnait même pas... C'était Sadaga... La mère de Penda... As-tu entendu parler de Sadaga ?... Tu étais trop jeune. Tu avais à peine un an quand elle est morte... À l'époque ta mère était l'épouse de Waly, le frère aîné de Biram Penda. Waly regardait Sadaga, Kantôme ne pouvait pas le savoir. Une enfant qu'elle a cueillie presque à la naissance, qu'elle a nourrie, élevée comme sa propre fille, qui connaissait ses secrets et tout et tout, comment pouvait-elle penser… Un jour Waly a épousé Sadaga. Kantôme n'a pas bronché. Chez nous, il faut savoir taire ses misères, les cacher. Tu dois savoir pour l'avenir… Elle avait souffert… Comme si son mari avait épousé sa propre fille car Kantôme n'a pas eu d'enfant de Waly… *Cey* Sadaga, elle avait complètement tourné la tête à Waly… Sans compter qu'elle n'était qu'une esclave. Évidemment ça se perd, mais… S'il l'avait épousée comme *taara*[1] on aurait compris. Waly mourut cinq ans après la naissance de Penda. Macodou a recueilli Penda, mais moi je me méfie de tout ce qui descend de Sadaga… N'as-tu pas vu comment Penda est allée se jeter dans les bras du premier venu ? Un Dioula que personne ne connaît. Tant mieux. Bon débarras ! À la mort de Waly, Biram Penda a épousé ta mère. Elle ne voulait pas mais c'est la coutume : il peut valablement épouser la veuve de son grand frère… Ta naissance a été un grand réconfort pour Kantôme, mais quelque chose

---

1. *Taara* : Esclave qu'on épouse après quatre femmes de rang noble.

s'était déjà cassé ici (tante Sekka avait posé la main sur sa poitrine)... Kantôme ne pouvait pas s'en remettre... Elle était bonne, ta mère ! Tout se sait. Même les pensées filtrent à travers les murs... Kantôme a été la seule à n'avoir jamais dit du mal de moi... Elle seule, avec ton oncle Macodou, bien sûr. »

*

Yelly naviga dans le ciel euphorisant de l'ère de sa prospérité. Pas pour rêver, mais pour se rappeler le proverbe : « *Adduna potu ndaa la*[1] ». La roue tourne. Quoi de plus normal que ceux qui ont bu dans la coupe dorée la passent à d'autres ! C'est le tour de Naarou. Amsata Gaye a su gérer ses affaires. Tant mieux. La perspicacité de l'ancien instituteur. On dit que les enseignants sont avares... Non, ce n'est pas vrai. Ils savent seulement compter. Forcément, car ils sont plus fauchés que d'autres. La craie, et des idées, et le sens de l'organisation... La force d'Amsata, c'est ça : le sens de l'organisation. Rien au hasard. Tant mieux pour Naarou. Une brave fille. Reconnaissante : la télé, les habits, les provisions... Tout, pour nous

---

1. *Adduna potu ndaa la:* Manière de dire : « à chacun son tour ».

faire plaisir… Aux enfants surtout. Et le plus important : le respect, la tendresse filiale… Et Tacko ne veut rien savoir de tout cela !

Une bonne fille, Naarou. Yelli ne voulut pas la comparer avec Idy. Un trait constant chez lui est qu'il évitait de penser à ceux sur qui il s'interdisait de porter un jugement. Par convenance personnelle. Ainsi de tante Sekka. Ainsi d'Idy qui, jadis, avait tôt fait d'en finir avec le fonds de commerce offert par Yelli, à la grande honte de Penda :

– *Ey* Idy, tu veux rester un éternel médiocre !

– Ce n'est pas de ma faute, c'est à cause des dettes. Je ne peux pas courir derrière.

– C'est tout ce que tu trouves à dire !

– C'est la réalité, Mère. Les parents, les amis, les voisins et leurs parents, et les amis de la famille : ce sont eux qui ont vidé la boutique. Et c'est toi qui parlais de *kersa*[1].

– La *kersa* n'a rien à y voir ! Tu dois t'en prendre à ta paresse congénitale. Un homme, ça doit remuer et penser que ça doit fonder un foyer. Tu as foutu en l'air une affaire offerte sur un plateau d'argent, c'est pas navrant, ça ? Pourras-tu regarder ton oncle Yelli ! C'est pas croyable, tant de paresse… Même moi, à mon âge, je me remue !

---

1. *Kersa :* Discrétion et respect.

Pour porter un coup fatal à l'indifférence que semblait afficher Idy, elle ajoutait :

— Si tu n'étais pas toujours tassé dans ton fauteuil comme un *bóoli* de *dabin mbëpp*[1], tu t'en serais bien sorti !

Écœurée, Penda, parce qu'elle avait cru à un bon départ après la longue scolarité cahin-caha de son fils.

À pas de tortue jusqu'au seuil du brevet élémentaire qu'il n'arrivera jamais à décrocher à vingt ans passés.

— Quand on ne veut rien faire, surtout lorsqu'on est un homme, c'est qu'on est indigne !

Idy avait compris que la gravité de l'insulte était à la mesure de l'exaspération de sa mère. Il avait encaissé sans laisser voir qu'il avait été atteint dans son amour-propre. Il avait mâché sa colère en se disant que son heure viendrait. Comment ? Il ne le savait pas, mais dans le flou général qui bouchait son horizon, il distinguait une certitude : il ne voulait pas de petit métier. Il l'avait répété à maintes reprises à Naarou quand elle voulait le caser dans un des centres de formation en informatique d'Amsata Gaye.

— Ces petits boulots-là, non merci !

———

1. *Bóoli* : Grande cuvette. *Dabin mbëpp* : Plat fait de riz pâteux préparé avec de la pâte d'arachide.

— Effronté. Tu moisiras dans l'inaction, lui disait Naarou.

— Attention, Naarou. De la mesure !

— Et quoi encore ?

— Je ne plaisante pas. Le droit d'aînesse, j'y tiens ! Sur un ton tout à fait solennel.

Et il avait traîné de jour en jour avec son oisiveté, suivant la course du soleil, avançant avec l'ombre, traversant au gré de celle-ci la vaste cour de la maison que Naarou avait mise à la disposition de sa mère après l'offre faite à Yelli d'aller l'occuper avec sa famille et le refus catégorique de Tacko. Idy s'y sentait à l'aise. C'était mieux que les deux chambres louées dans un quartier où il n'y avait pas de canalisations et où la pléthore de locataires occasionnait trop souvent le débordement des fosses d'aisance qui répandaient alors une couche visqueuse et des odeurs répugnantes. Quand cela arrivait, Idy avait le choix entre se réfugier chez Naarou et bouder les repas, bien qu'il fût un grand amateur des bons plats que Penda savait cuisiner avec art. Le plus souvent il optait pour la deuxième solution par la gêne qu'il ressentait à se mettre à la charge de son beau-frère. Être un chômeur oui… *ñàkk jom*[1] non. Telle semblait être la philosophie qu'il cultivait et que

---

1. *Ñàkk jom* : Qui n'a pas le sens de l'honneur.

personne autour de lui ne pouvait deviner en raison de son désœuvrement.

Nouvelle demeure, nouveau confort. Et des voisins plutôt agréables. Un rien de distinction dans sa personne et dans sa voix plaisait aux gens, à Wouri surtout, petite *disquette*[1] qui trouvait mille prétextes pour passer et repasser devant la maison à l'heure où l'évolution du soleil avait amené Idy sous une persienne en auvent, juste en face du portail. Toujours bien mis, les cheveux impeccablement brossés et lustrés avec de la brillantine parfumée, les moustaches soigneusement entretenues. Et le transistor à côté, éternel compagnon, du matin au soir, et la nuit jusqu'à la lisière du sommeil, de sorte que, si ses déplacements étaient rares (réduits d'ailleurs aux visites qu'il rendait de temps en temps à Naarou, et au cinéma où il allait deux à trois fois par semaine), il n'en était pas moins au courant de tout ce qui agitait l'univers des hommes, dans le pays et ailleurs.

Un jour, il avait surpris Naarou :

— Sais-tu ce que je vais faire ?

— Non.

— Plonger comme un grand dans la politique. *Sëmbëx*[2] !

———
1. *Disquette :* Jeune fille « branchée ».
2. *Sëmbëx :* Onomatopée pour le bruit du plongeon.

— Pourquoi pas ? C'est très bien. Ça t'ira certainement.

— Écoute, petite sœur, n'ironise pas. Je parle sérieusement. Je veux créer un parti politique. Je t'ai toujours dit que je veux être chef de quelque chose. Je le sens. Je dois l'être.

— Tu rêves ou quoi ?

— Trente-deux. Oui : trente-deux partis politiques. Tu les as vus à la télé. La démocratie est à la mode. Y a des gens qui n'ont jamais rien fait de leur vie. Aujourd'hui, ils sont considérés comme des personnalités parce qu'ils ont la parole au plus haut niveau, parce qu'ils ont eu le courage de créer un parti politique. Ce qu'ils font, tu crois que je ne peux pas le faire ?

Naarou s'était marrée, marrée, vraiment marrée. Idy, chef d'un parti politique !

— Cesse de rire comme une idiote. Je suis peut-être sur la seule chance de ma vie. Si elle m'échappe, Mère aura raison de croire que je suis un raté. Alors… Je n'aurai plus droit au respect de mes neveux…

Naarou s'était encore esclaffée d'un rire incrédule avant d'aller trouver Amsata dans la pièce qui lui servait de bureau et de s'écrier :

— Tu as entendu ça ?

— Quoi ? avait demandé Amsata Gaye en enlevant ses grosses lunettes et en les posant sur la table.

– Idy dit qu'il va créer un parti politique !

Amsata avait remis ses lunettes, avec un sourire que Naarou ne savait pas apprécier. Il avait regardé sa femme, puis le plafond, puis le battant fermé de la porte sculptée. Ensuite, il avait de nouveau enlevé ses lunettes, les avait méticuleusement posées sur la table, avant de se lever. Ses yeux pétillaient. Il avait arrêté le climatiseur. Deux pas pour atteindre la porte et marcher vers le salon, suivi de Naarou.

– Idy ! s'était-il exclamé avec enthousiasme. Idy voulait saluer :

– Gaye…

– Ton idée est formidable ! Vas-y, que rien ne t'arrête !

– *Ey* Amsata ! avait dit Naarou, étonnée, presque dépitée.

– Quand le monde bouge, il faut bouger avec.

Naarou était déroutée. Après quelques secondes de contrariété, elle s'était encore une fois rendue à l'évidence.

Amsata n'aimait pas le calme plat d'une vie terne. Chacun sa nature. Il avait besoin de bouillonner pour apprécier les charmes de l'existence. « Il ne changera jamais », avait-elle pensé en se référant aux parents de son mari qui répétaient que, lorsqu'il était jeune, il était remuant comme un *ñebbe*[1] solitaire dans une marmite en pleine ébullition.

Sincèrement heureux qu'Idy eût enfin décidé de faire quelque chose de son corps et de sa tête, Amsata l'avait assuré de son soutien sous toutes les formes « et dans la mesure de mes moyens bien sûr, pour le plaisir d'être à côté de toi et de participer à la marche vers la démocratie… Non je n'adhérerai pas à ton parti. Faire de la politique… disons du militantisme politique… ne m'intéresse pas… Voir comment ça fonctionne avec les passions, le génie politique, la roublardise ou la bêtise : c'est ça que je trouve excitant ».

Idy n'avait pas bien compris mais ce n'était pas important.

En deux jours, Amsata avait élaboré les statuts, le règlement intérieur et la Déclaration des principes du futur parti des libéraux travailleurs. À son avis, le seul vrai combat à mener était de mettre les citoyens au travail. Devise : Travail, Dignité, Liberté. Il savait que ce serait aussi difficile que de soulever d'une main des montagnes, mais il était certain que des gens honnêtes trouveraient le programme alléchant.

L'assemblée générale avait eu lieu en présence des sympathisants du quartier au premier rang

---

1. *Ñebbe :* Graine d'une variété locale de haricot.

desquels se trouvait Wouri, très heureuse de pouvoir être utile à Idy.

Bouri avait été élue membre du bureau : entre la dissuasion de Naarou et la propagande d'Amsata, elle avait fini par faire le saut. Pour rigoler. Et pleurer quelques heures plus tard à la suite d'une réflexion très méchante de Goudi.

Expliquant à Idy qu'il y avait d'un côté les principes et, de l'autre, le réalisme, Amsata avait programmé d'acheter l'adhésion de militants pour étoffer le premier contingent. Magatte pouvait être chargée du boulot. C'était une griotte des temps nouveaux : ni la mission, ni la vocation, ni le talent des gens de sa caste ; mais un seul objectif : son dieu l'argent, l'argent de la flagornerie, du mensonge, de l'intimidation et d'autres tractations non avouables dont l'accusaient avec mépris d'autres griots qui tenaient à la dignité de leur corporation.

Naarou ne l'aimait pas. Elle n'avait pas digéré la façon dont elle avait laissé tomber Yelli et Tacko dès que la ruine avait pointé à l'horizon. Malgré tout, elle la « rémunérait » à chaque visite pour neutraliser sa langue venimeuse. Elle avait fermement rejeté l'idée de lui parler comme le lui avait suggéré Amsata :

— Jamais. Entre de telles créatures et moi, je tiens à garder la distance.

— Tant pis, avait dit Idy. Je parlerai à Magatte. Une bonne partie de ma défunte boutique est bien passée sous ses dents, non !

Amsata Gaye avait apprécié.

Tous les papiers en poche, Idy avait pris le chemin du ministère pour la reconnaissance officielle de son parti. Pour la première fois de sa vie, il avait goûté à l'ivresse du rêve. En le voyant s'éloigner d'un pas si décidé, Amsata avait éprouvé la joie intense d'une action accomplie avec abnégation, pour le bonheur d'autrui. Naarou n'avait pas partagé sa bonne humeur. Elle lui avait reproché de jouer avec des choses trop sérieuses.

— Tu ne rends pas service à Idy. Tu sais bien qu'il n'est pas capable de diriger un parti politique. Que sait-il même de la politique !

— Il apprendra.

— Il se fera bouffer par les autres et les gens se moqueront…

— Tu parles ! Qui va le bouffer ? Il existe à ce jour trente-deux partis et pas plus de quatre représentatifs, respectables, avec un programme et un idéal politique. Ceux-là pourraient grincer des dents, pas contre Idy, mais contre l'inflation en cette matière, qui ouvre la voie à la racaille avide de notoriété et d'avantages de toutes sortes. Idy n'a pas l'âme d'une fripouille. Avec

un bon encadrement, il pourra réserver des surprises.

— Tout ça, c'est des paroles. Tu n'aurais pas dû
l'encourager à entrer dans une galère qu'il ne
connaît pas.

— Il pourra s'asseoir à la même table que tout
le monde. La loi le lui permet, pourquoi vouloir
l'en priver alors qu'il le veut... Le lion se réveille,
peut-être, comme Soundjata ! Écoute Naarou,
nous avons le devoir de soutenir ton frère. Idy a
toujours traîné avec lui l'image d'un homme raté.
C'est douloureux. Pire que la mort. Avec la mort,
on n'est plus là. On peut se faire oublier. Mais
encombrer la terre de son poids inutile – je ne fais
aucune allusion à l'embonpoint d'Idy qui
d'ailleurs lui va très bien – être un poids mort sur
cette terre, quelle horreur ! Idy doit l'avoir senti
puisque c'est lui-même qui s'est choisi une direction. Il a enfin manifesté de l'enthousiasme et de
l'intérêt pour quelque chose, et tu veux qu'on le
décourage ! Sois raisonnable. Aidons-le, même s'il
nourrit des illusions.

— Tu verras... La politique, c'est sale. On l'in-
sultera. Aucun de ses proches ne sera épargné. On
se fera un plaisir exquis de fouiller dans notre
famille pour faire ressortir les bâtards...

— Oh-ô ! ô ! Qui n'en a pas !

— ... les sorciers, les esclaves, les anciens prisonniers, les aliénés, les voleurs, les tarés et toutes les plaies honteuses. Et s'il n'y en a pas, tant pis, on en inventera !

Amsata avait pouffé de rire, puis :

– Beu... f. Si c'est la règle du jeu, il faut accepter. De toute façon, chère épouse aimée, adorée et respectée, tu n'as rien à craindre. Honorabilité garantie. L'épopée du Foudjallon est une muraille... Vous êtes intouchables... À moins qu'un impertinent ne se hasarde à des propos déplacés sur les amours... hum... sataniques de Sarebibi ton ancêtre... Ah femme, quand tu nous tiens ! Même les saints n'échappent pas à votre emprise ! Rassure-toi, ma grande ! Ici, on critique tout et tous, sauf les Almamy et leurs familles.

Le rire moqueur d'Amsata n'avait pas eu l'effet escompté sur Naarou. Depuis la faillite de Yelli elle avait appris à jauger le monde. Elle connaissait mieux que son mari les ressorts de la société dans laquelle ils vivaient, et le mal profond qui, depuis quelques décennies, rongeait les cœurs, appauvrissait l'esprit et souillait l'âme. Sa conviction était établie : on ne savait plus contempler le beau, comme par exemple l'or qui brillait dans le cœur de Yelli et répandait sur sa figure l'auréole d'une bonté infinie. Non, on ne savait plus regarder le beau, on visait au-delà pour y découvrir des poubelles, humer les puanteurs et s'en gaver comme des charognards. À observer les gens, à les entendre commenter chaque geste, chaque mot et chaque silence des autres, Naarou avait souvent éprouvé une sorte de colère provoquée par le sentiment de vivre une ère de décrépitude morale où l'humain n'avait plus de sens.

Elle s'était encore une fois rappelée une des illustrations les plus dégoûtantes de cette perversion qu'elle déplorait tout en évitant, par tempérament, de sombrer dans le trou noir de l'amertume : elle avait reçu un jour une vieille femme squelettique qui disait l'avoir connue depuis très longtemps.

– Je suis ta « tante » Diobbé. Tu étais toute jeune… Quand Yelli habitait à Fass… la maison devant laquelle il y avait le robinet public.

– Le robinet public…

– En face du canal. Yelli et Tacko t'envoyaient souvent… La maison avec le baobab. Tu raffolais de pain de singe… Le baobab dont les branches s'entrelaçaient avec celles du flamboyant, de sorte que les pains pendaient sous les fleurs…

– Ah oui ! Tante Diobbé !

Elle s'était rappelée qu'effectivement elle lui avait porté tissus, argent et denrées, à maintes reprises, de la part de Yelli ou de Tacko.

Heureuse, Naarou ! L'univers des joies pures en irruption avec l'arrivée de cette femme dont elle décryptait les traits pour retrouver un visage jadis familier et le territoire de son enfance.

– Tante Diobbé, ça fait longtemps !

– Oui, longtemps, longtemps.

– Tu avais une fille de mon âge.

– Souka Lolliou Matel.

– Matel. On a été à l'école le même jour. Qu'est-elle devenue ?

Diobbé avait baissé la tête un moment avant de la secouer et de dire sur un ton à faire pitié :

– Je ne sais pas… Elle est partie avec un *toubab* chez qui elle travaillait. Depuis de longues années… Je n'ai jamais eu de ses nouvelles.

Naarou était très émue, d'autant plus que la vieille Diobbé – en réalité moins vieille qu'elle n'y paraissait – lui avait appris la mort de deux autres de ses filles, l'une à la suite d'un avortement provoqué, l'autre en accouchant.

Naarou avait voulu changer de sujet.

– As-tu vu tonton Yelli depuis lors ?

– Mais oui. Tu as oublié que j'étais là le jour de ton mariage dans sa belle maison qui ressemblait au paradis. On raconte que tous ses biens ont été saisis et qu'il n'a plus rien. *Ndeysaan !* La fortune n'habite nulle part.

Naarou avait eu l'impression que Diobbé était heureuse d'évoquer la « chute » de Yelli. Le large sourire – froid et absurde sur le visage ridé – le lui avait fait croire.

Elle avait instinctivement froncé les lèvres et posé un regard percutant sur la vieille femme pour mieux défier le spectre de l'envie et de l'ingratitude qu'elle représentait à ses yeux.

Il faut dire que Diobbé avait été surprise par cette réaction soudaine de Naarou. Qu'avait-elle dit ou fait qui eût pu justifier une telle métamorphose chez celle qui, quelques minutes auparavant, avait un visage d'ange ?

– La fortune n'habite nulle part, avait enfin martelé Naarou.

– C'est Dieu qui...

– Les ingrats non plus. Ceux que la bonté n'attire pas. Tonton Yelli en a plein dans le cœur pour savoir encore partager ce qui reste de « ses biens saisis ».

– Je ne...

– Au revoir, « tante » Diobbé. La fortune n'habite nulle part. Demain, peut-être, elle nous désertera aussi.

Diobbé avait pris le billet de mille francs que Naarou lui avait tendu. Elle avait prononcé des remerciements et des prières que Naarou n'avait pas écoutées.

Malgré l'heure tardive, Penda ne parut pas surprise de la visite de Naarou. Elles échangèrent quelques mots, comme d'habitude, à la manière de deux copines, le rire en moins du côté de Naarou. Penda fit des commentaires sur la causerie religieuse qu'elle était en train de suivre à la télé : l'orateur était bien embêté. Un homme visiblement têtu voulait une réponse nette et précise à sa question : « L'argent de la loterie nationale est-il licite au regard de la religion, oui ou non ? » L'orateur : « Encore une fois, la loterie nationale ne me regarde pas… » L'homme : « Vous voulez dire que ce qui se passe sous nos yeux ne vous regarde pas ? » L'orateur : « Si vous voulez savoir quel argent est licite, voici ce que dit le Livre : l'argent que vous avez gagné, celui que vous avez hérité, celui qui vous a été offert. C'est à vous de voir maintenant. Dieu seul sait tout. » Murmures parmi l'assistance. L'orateur n'a pas perdu de sa superbe.

— C'est ce qu'on appelle ne pas se mouiller, dit Penda en riant.

— Nos prédicateurs ont appris l'art de la diplomatie, répliqua Naarou avant d'enchaîner : je suis venue parce qu'il s'est passé quelque chose…

— Entre Amsata et toi ?

— Non. Avec Mère… Elle m'a traitée d'esclave.

Penda resta égale à elle-même. Elle laissa s'écouler quelques minutes en observant Naarou comme pour saisir la vérité du temps. C'était « hier » quand cette femme si imposante s'agitait dans ses entrailles. « Ce sera une fille », lui disait Bara son défunt mari, avec fierté. « Quand ça remue trop, c'est que c'est une fille. »

Elle n'avait jamais évalué l'œuvre des saisons sur la fillette devenue une grande dame épanouie et chaleureuse. Naarou : une présence. Une voix surtout. Mais la voix, ce jour-là, était moins chaude. Penda s'en rendit compte.

— Esclave… Tacko est ta mère. Des choses comme ça peuvent sortir d'une bouche en colère sans que cela mérite que l'on fouette un chat. Rentre chez toi et oublie, ne serait-ce que pour ne pas incommoder Yelli. Pense à ton oncle. Lui, il ne dira jamais des choses pareilles.

— Mère, dit Naarou, avant de s'arrêter net.

Elle venait de réaliser avec une pointe de rancœur que cette appellation, venant d'elle, était l'apanage de Tacko. Elle ne dramatisa pas la distance, ainsi mise à nu, qui la séparait de Penda. Normal, puisque la relation de procréation avait été dépassée depuis longtemps par l'énorme patrimoine affectif constitué du côté de chez Yelli et sacralisé d'une certaine manière, avec la bénédiction de Penda elle-même. Combien de fois l'avait-elle entendue dire : « Je n'ai fait que la mettre au monde ; ses parents, ce sont Yelli et Tacko. C'est à eux que j'exprime ma reconnaissance quand Naarou me comble de tous les bienfaits possibles. »

– Ce n'est pas le fait de m'avoir traitée d'esclave qui m'attriste, continua Naarou. Tout le monde sait que ça n'a pas de sens. Peut-elle m'acheter ? Son attitude m'écœure, en dépit de tout le respect que je lui dois. Pourquoi cette haine farouche contre moi ? Je n'ai jamais compris sa froideur. J'ai toujours cru que c'est sa nature. Maintenant, je sais qu'elle me hait. Puisque pour elle je suis une esclave, je la suivrai sur son propre terrain pour lui montrer la nullité de ses prétentions…

– Tacko est ta mère !

– Elle serait une mère indigne ! Je vais revendiquer ma part de l'épopée.

– Qu'est-ce que cela veut dire ?

– Que je descends de Warèle et de Biti qui ont joué un rôle déterminant dans l'épopée. C'est Naani en personne qui me l'a appris quand j'étais toute jeune. Je n'ai jamais pensé à une cloison entre Warèle, Biti, Sarebibi, Dioumana et les autres, mais comme Mère me traite d'esclave, je revendique Warèle et Biti ; je revendique leur part d'héroïsme... Qui dit qu'elles n'étaient pas de sang royal comme ces millions d'êtres dont le destin a basculé le temps d'un éclair parce que des aventuriers les ont arrachés à leur famille, à leur terre, à leur histoire, ou parce qu'ils ont perdu un combat...

Penda ne trouva pas tout de suite réponse à ce qui, selon elle, était un faux problème. Quelle idée de remuer ciel et terre et de se disputer pour une quelconque part de l'épopée alors qu'il n'était même pas besoin de remonter jusqu'à Warèle pour prouver une légitimité qui existait bel et bien. Au fond d'elle-même, elle admit que Naarou ignorait presque tout de la complexité des liens de parenté dans leur clan. Elle comprit aussi que la revendication de Naarou était conforme à sa personnalité et au rapport mystique qu'elle entretenait avec l'épopée. Le chant : un amour, une passion qui ne la quittera jamais et dont la flamme – non dévastatrice heureusement – brillera peut-être au-dessus de sa tombe quand elle rejoindra Dioumana dans le lit du fleuve Natangué.

Il fallait comptabiliser une évidence : Naarou était une possédée du poème. À treize ans, elle pouvait déclamer sans trébucher un millier de vers, ce qui, vu son âge, était une performance d'autant plus étonnante qu'elle portait la marque du génie. De nombreux griots du terroir qui prétendaient être les dépositaires reconnus du chant apparaissaient comme de piètres figures lors des grandes occasions où il était de bon ton de faire revivre l'histoire. L'épopée coulait alors comme jadis le fleuve Natangué, et chacun se faisait un devoir de la grossir d'extraits plus ou moins longs pour montrer avec une grande fierté que l'on n'avait pas perdu l'héritage.

En ces occasions, Naarou entrait dans le chant comme dans un sanctuaire, en accordant sa voix dont elle savait jouer comme d'une boule de cire, lui faisant prendre toutes les tonalités et les tons voulus. Puis la voix, progressivement, gagnait en intensité et entraînait Naarou dans une des vingt et une portes de l'épopée dont chacune, dit la légende, symbolise un temps – autant dire une vie – dans la longue trame des péripéties d'une histoire merveilleuse. Le chant, alors, s'emparait d'elle et, maître absolu de tout son corps, distillait la séduction comme air de sirène. Et Naarou vivait sa passion dans une atmosphère de magie, et le temps glissait doucement, subtilement, sous le poids mystérieux d'un empire flottant sans autre contour que le ravissement profond que la scène produisait. Et la vie passait sous les flots torrentiels du fleuve Natangué. Jusqu'au réveil.

Naarou savait se créer des scènes : l'espace des jeux quand elle n'était qu'une enfant, la cour de l'école, les cérémonies familiales, dans ses rêves où elle se voyait évoluant sur la grande scène d'un théâtre moderne, sous les feux des projecteurs qui exerçaient sur elle une fascination non étrangère à la tentative de Bouri de devenir comédienne. Se délectant de sa passion, elle n'avait cure des remarques sarcastiques de ceux qui murmuraient leur indignation de la voir fonctionner comme une griotte. Heureusement que Yelli n'était pas de ces grincheux : c'était l'essentiel pour elle.

Amsata Gaye l'avait remarquée dans une de ces circonstances où le mythe, par sa voix, devenait une force prenante. C'était une fin d'année scolaire dans l'établissement où Amsata enseignait pendant qu'elle y étudiait en dernière année du cycle élémentaire. En attendant les résultats des examens, quelques enseignants avaient suggéré l'organisation d'une fête comme cela se faisait de plus en plus couramment : une espèce de kermesse pour renflouer la caisse de l'association des parents d'élèves tout en permettant aux enfants de se distraire et de montrer leur savoir-faire en matière de danse, théâtre, poésie, chant et poterie. Naarou s'y déploya à la mesure de son talent. Ce jour-là, Amsata Gaye comprit que c'en était fini de sa carrière d'instituteur. Il eut le sentiment qu'il venait de lui arriver la pire chose qui puisse arriver à un enseignant. « Tomber amoureux d'une des petites dont on a l'éducation en charge… Que c'est bête ! » Il en rit comme il riait de tout, prit la décision d'épouser Naarou, emprunta de l'argent pour s'installer à son compte, démissionna et – dernière étape d'un programme lucidement mis au point – entreprit la conquête de Naarou. Ce ne fut pas difficile.

Penda regarda Naarou avec une sorte de compassion. « L'exclure de l'épopée : autant lui couper une veine », se dit-elle avant de hausser le ton juste ce qu'il faut pour la convaincre de l'inanité de son projet.

– Écoute, Naarou : tout ce que tu dis là ne rime à rien. Sais-tu que Tacko est ma cousine et qu'elle aurait pu être ma sœur ? Tacko Biram Penda-Penda Waly Penda. Waly et Biram étaient des frères, tous deux fils de Penda et de Sogui. Je porte le prénom de leur mère. Tacko est de Biram, je suis de Waly. Si l'épopée était un terrain à lotir, nous y aurions notre parcelle et pas des moindres. Alors, à quoi bon aller réclamer je ne sais quoi ?

Cette révélation, à vrai dire, intrigua Naarou.

– Pourquoi, demanda-t-elle, Mère n'a-t-elle jamais fait allusion à une parenté si proche ? Ni tonton Yelli qui ne se perd pas dans le dédale plus qu'embrouillé des liens familiaux ?

— Sans doute parce qu'entre Yelli et moi, il existe quelque chose de plus profond, de plus fort que la parenté. L'affection, l'amitié. Le souvenir d'une enfance commune et la complicité pour peupler de rêves le désert de notre adolescence. Il n'y a rien de pire que de perdre ses parents et de se sentir orphelin. Si tante Sekka avait été bonne comme tante Diaal, la défunte mère de Yelli, nous ne nous serions pas sentis orphelins. Mais son regard, ses colères, ses mots terribles et son empire diabolique sur tonton Macodou qui est pourtant un homme de bien… Il n'a jamais pu broncher devant un comportement ou une décision de tante Sekka. Nous avons grandi, Dieu merci, et même si la vie n'a pas toujours été rose, nous avons oublié. Yelli a assez de problèmes. Je voudrais que tu enterres toutes ces histoires qui n'ont pas de sens. Yelli en souffrirait et j'en serais malheureuse… Tu devrais rentrer. Il se fait tard.

— Tonton Yelli était tellement en colère ! Jusqu'à lui dire qu'elle était jalouse !

— Il faut oublier, dit Penda en guise de conclusion.

Naarou se leva quelques secondes plus tard, avec l'impression que tout n'avait pas été dit.

— Bonsoir. Dors en paix.

— Paix à nous deux, dit Penda en l'accompagnant jusqu'à la porte.

En son for intérieur, elle n'avait pas le sentiment d'avoir menti par omission. Tout simplement, il y avait des choses qui ne méritaient pas d'être dites. À quoi bon raconter à Naarou que cette parenté avec Tacko était un sujet tabou depuis l'unanimité automatique contre Sadaga dont la beauté, certainement, effrayait toutes les femmes ? Pourquoi lui dire son histoire – celle de Sadaga – apprise par effraction, et ce que cela peut coûter à un enfant mal aimé de tendre l'oreille, trop souvent, quand la marâtre est en conférence : « Cette Sadaga, une salope... Pourquoi Waly ne s'était-il pas contenté de son droit de cuissage... Aller jusqu'à l'épouser... Si elle avait été une *taara*... C'est elle qui a tué Kantôme... Elle lui a inoculé la misère, comme un poison... Penda, l'enfant de la trahison... Quelle idée de lui avoir donné le prénom de l'honorable « reine de la maison de Sogui...[1] » Elle a dû se retourner dans sa tombe... Cette Penda, elle a le regard de feu de sa mère Sadaga l'envoûteuse. Kantôme m'a dit une fois : Si cette enfant vit,

---

1. Entendre par là que Penda la grand-mère était la première parmi les épouses de Sogui et, qu'à ce titre, elle jouissait d'une considération particulière sur le plan social.

elle sera pire que sa mère. – *Ey*, Sekka, tu es sûre que ces propos étaient de Kantôme ? – Macodou, tu m'as jamais entendue mentir ? – Non, c'est que Kantôme avait plutôt l'air de ne jamais rien dire… »

Penda secoua la tête. Manière de se dire : « Tout passe. » Elle tira le cordon de la lampe de chevet et s'endormit.

*

De longs mois passèrent pendant lesquels Naarou imagina tous les échafaudages possibles pour donner la réplique convenable à Tacko tout en ménageant les formes. Ne pas tomber dans l'irrespect et, surtout, ne pas gêner Yelli de plus en plus embarrassé par les nuages qui s'amoncelaient dans le ciel de leur famille grâce aux ragots, sousentendus, flèches décochées entre femmes et autres manœuvres publiques ou souterraines. Tous les plans lui parurent risqués pour le moral de Yelli ; elle les abandonna et considéra que quelque chose au moins était gagné : le couplet qu'elle composa pour l'intégrer au chant, au chapitre de Waly, l'ancêtre de Gueladio le maître chasseur.

Convaincue de la vérité du proverbe : « *tontu du forox*[1] », elle attendit l'occasion en fredonnant sa chanson, nuit et jour. La Providence la lui offrit avec la mort de Macodou et les funérailles grandioses qui mobilisèrent une foule très dense venue des quatre coins du pays. Comme ces cérémonies sont devenues le théâtre naturel des règlements de comptes où les protagonistes se lancent des flèches empoisonnées à travers un discours apparemment anodin mais suffisamment limpide pour que chacun puisse saisir le message et identifier la victime du jour, Naarou profita de l'instant où, en tant que « fille aînée » de Yelli, elle devait remettre à ce dernier sa participation aux frais des funérailles : un bœuf et douze moutons sur pieds, cinq cents kilos de riz et autant de mil, un sac de sucre et une épaisse liasse de billets de banque dans une enveloppe cachetée. Dans le brouhaha de remerciements qui suivit son geste, elle demanda la parole. On l'écouta dans un silence de… deuil.

Elle précisa que feu Macodou était bien sûr son grand-père mais qu'elle tenait à s'associer à la douleur de Yelli qui venait ainsi de perdre son père. Elle ajouta qu'elle devait tout à Yelli et à

---

1. *Tontu du forox :* La réplique ne pourrit pas (on peut prendre tout son temps pour répliquer).

Tacko. « Je suis leur fille », dit-elle, avant de déclamer avec toute la dignité requise en de pareilles circonstances :

> O Waly le dieu des fauves
> Tu te reposais dans l'antre du lion
> En attendant que le maître de céans
> T'apportât la proie convoitée.
> Le sang ne mentira pas
> Waly fils de Penda Sar
> Kor[1] Kantôme kor Sadaga
> Penda Waly Penda eyôô
> Je te salue Tacko Biram Penda.

La foudre n'aurait pas eu un effet aussi paralysant sur Tacko. Elle fit un effort suprême pour ne pas suffoquer. Les gens se regardèrent sans rien dire, puis chacun regagna sa place et s'assit qui par terre, qui sur une natte, qui sur une chaise. Quelques instants plus tard, un seul sujet de conversation agitait toutes les lèvres : la lutte épique entre Sadaga la mère de Penda et Kantôme la mère de Tacko, l'audace de Sadaga et la jalousie morbide de Kantôme. Une question passa de bouche à bouche sans vraiment trouver de réponse : « Le numéro de Naarou était-il innocent

––––––

1. *Kor* : Qui aime et est aimé.

ou couvait-il quelque chose ? » Aux curieux qui posèrent la question à Amsata Gaye, il répondit, imperturbable : « Honni soit qui mal y pense. »

Penda en voulait terriblement à Naarou qui, à son avis, avait envenimé la situation devenue irrespirable pour Yelli. Depuis des années, elle n'arrivait pas à obtenir d'elle la séance de réconciliation qu'elle appelait de tous ses vœux. La rupture avait été consommée quand, au lendemain des funérailles du vieux Macodou, Tacko avait demandé à Bouri de déménager de chez Naarou pour rejoindre la maison familiale. Celle-là avait poliment refusé, n'invoquant pas la déchirure que constituerait une séparation avec Naarou, mais le manque de place au « cagibi ».

— Pourquoi partager une chambre à trois alors que chez Naarou je suis bien à l'aise ? Là-bas, je ne suis pas une étrangère, tout de même !

— Alors, tu n'as qu'à y rester. Si je te revois ici, tu verras ce dont je suis capable. C'est valable pour elle aussi, tu peux le lui dire.

Ç'avait été dit pour que Yelli entendît. Ce dernier, préférant tout au scandale, était allé se confier encore une fois à Penda devenue plus que jamais le seul rempart de sa fragilité morale et, de plus en plus, physique. Il souffrait d'hypertension artérielle et de diabète, sa vue baissait, des crises d'arthrose le clouaient régulièrement au lit.

Dès lors, Naarou n'avait plus mis les pieds chez Yelli. En cela, elle suivait les traces d'Idy, mais pour celui-ci, c'était déjà vieux, une éternité presque, et pas pour les mêmes raisons. Lui, c'était un mélange confus de honte et de pudeur qui l'avait décidé à se soustraire au regard de Yelli depuis que la dernière chance offerte par ce dernier avait foiré comme les autres. « Pourras-tu regarder ton oncle Yelli ! » Ces mots souvent répétés par Penda avaient laissé une trace indélébile quelque part au fond de lui-même, comme un coup avilissant. Les temps avaient changé. Idy avait fait son petit bout de chemin dans la jungle de la politique jusqu'à décrocher deux postes de députés à l'Assemblée nationale, pour Maodo Diagne, vieil instituteur à la retraite et doyen des militants de son parti, et pour lui-même. De jour en jour, il s'était promis de franchir le pas pour aller saluer oncle Yelli, lui exprimer la reconnaissance très sincère qu'il savait lui devoir et pour lui présenter ses deux épouses (Wouri la *disquette* toujours très branchée, Cogna une *diriyànke*[1] de bon calibre) et sa colonie d'enfants. Une sorte de boulet semblait le retenir et, de jour en jour, son

---

1. *Diriyànke :* Femme mondaine matériellement pourvue et généralement bien en chair.

intention avait buté contre une résistance intime dont il déplorait la toute-puissance face aux récriminations de Penda. « Idy, il faut savoir se souvenir d'hier ! Ne sois pas ingrat. » Penda elle-même avait fini par se résigner.

Ça n'avait pas suffi : Latyr, l'un des fils de Tacko, avait aperçu Bouri plusieurs fois dans les environs de la maison de Goudi. Une nuit, il avait fait le guet et l'avait vue pénétrer en grande toilette chez son ancien mari. L'odeur de son parfum avait ajouté à sa colère. Le lendemain, il l'avait attendue au même endroit et l'avait copieusement boxée conformément aux directives de Tacko qui entendait ainsi lui faire prendre conscience du déshonneur dont elle se couvrait en courant derrière un homme qui n'avait pas hésité à la flanquer à la porte.

Suprême horreur, Bouri s'était rendue chez Penda un matin de bonne heure. Avec une légèreté qui frisait la folie, elle avait soudain pris la main de Penda et l'avait plaquée contre son ventre.

– Tâte ça, avait-elle dit, le visage radieux.

– Quoi ?

– Mon enfant. Attends un peu, tu vas le sentir bouger.

Penda avait failli tomber de stupéfaction.

– Tu es folle !

Bouri avait reculé, la mine moins insouciante comme si elle s'était rendu compte que le sujet était quand même sérieux. Elles s'étaient longuement observées, chacune semblant s'étonner de l'attitude de l'autre. Finalement :

– Tu as osé nous faire ça ! C'est qui ?

– Goudi.

– Qui ?!

– Goudi Niamaka.

Mal arrivé. Vraiment pas le moment. Comment le dire à Tacko…

Pour rassurer Penda, Bouri lui avait dit que Goudi était très heureux de la perspective de devenir père, après deux tentatives malheureuses de refaire sa vie et pas l'ombre d'un enfant. « Il a changé. Je crois qu'il a changé ; il est devenu si gentil. Il est d'accord pour que nous nous remariions tout de suite. »

Comment le dire à Tacko…

*

Penda était persuadée que la paix à laquelle tout le monde – sauf les fauteurs de troubles – aspirait était entre les mains de Naarou. « On peut enfanter un roc sans le savoir. » Elle se surprenait à se demander comment cette Naarou si douce, si rieuse, si exubérante, avec tant de sensibilité, pouvait avoir la rancune si tenace. Ayant appris à surmonter toutes les douleurs et toutes les vexations, elle ne pouvait pas donner à l'humiliation la même signification que Naarou.

Comment le dire à Tacko !

Elle repensa à la dernière scène. Yelli affaibli, presque au bord de l'épuisement : « Penda, je t'en supplie, fais tout pour que la paix règne de nouveau au sein de notre grande famille. Nous en sommes les gardiens. Je ne me sens plus très bien. Tacko, si ça continue comme ça, je crois qu'elle va mourir. Le chagrin la mine, c'est sûr. Elle ne va plus au travail. À quelques années de la retraite, elle aurait pu quand même continuer. Je n'ose rien lui dire. Cherchons la réconciliation. »

C'était une idée fixe. Après avoir longtemps hésité, Penda s'était décidée à tenter une ultime démarche « pour Yelli ». La douzième, quinzième, vingtième ? Elle ne se souvenait plus.

– Ciré, téléphone à Naarou ! Dis-lui de venir tout de suite.

Ciré avait fait la navette entre la cour et la chambre à coucher.

– *Maam*, elle dit qu'elle veut te parler.

– Dis-lui que j'ai mal aux genoux. J'ai la paresse de venir jusqu'au téléphone.

– *Maam*, elle dit qu'elle va assister à la « thèse » de la fille d'un ami de tonton Amsata, puis à la réception qui suivra. Après elle viendra.

– Tééss… ?

– La soutenance, quoi. C'est quand on parle devant les professeurs les plus gradés pour avoir son diplôme de doctorat. Maintenant, c'est comme une cérémonie de baptême. Des mères et des *paa* qui n'y comprennent rien remplissent l'amphithéâtre. Le jour où je soutiendrai ma thèse je ne voudrai pas de ça, tu m'entends bien ? Ou alors vous recevrez des pierres sur la tête.

– Va-t-en là-bas ! Tu en es encore loin puisque tu ne te tues pas au travail… Ciré, dis à Naarou de venir avec Amsata. C'est très important.

– *Maam*, j'ai trouvé qu'elle avait déjà raccroché.

– Appelle encore et laisse la commission. Qu'elle vienne avec Amsata.

Ils arrivèrent tard dans la nuit.

– Naarou, ce que tu m'as toujours refusé, de grâce, accorde-le à ton oncle. Yelli n'est plus lui-même. La haine n'a jamais rien arrangé. Je ne te croyais pas capable de haine.

– Je ne hais pas…

– Alors, pourquoi ne veux-tu pas tendre la main à Tacko ?

– Je le ferais bien si je pouvais, mais je ne peux pas, c'est plus fort que moi.

– C'est ton dernier mot ?

– C'est plus fort que moi. Je jure que ce n'est pas de la rancune.

– Amsata, veux-tu dire un mot ?

– Tante… c'est-à-dire que… Naarou, c'est ton dernier mot ?

Naarou éclata d'un rire que Penda trouva déplacé, à la limite impertinent.

– La vie est devant toi.

– Crois-moi, je ne suis pas rancunière. Je n'en veux même plus à Mère. Je veux seulement me tenir loin d'elle puisque c'est elle qui ne veut plus me voir chez elle. Un jour, peut-être…

Fâchée, Penda n'avait pas entendu les dernières phrases.

Sur le banc public, Yelli se sent fatigué. L'insomnie de la veille et les articulations. Mais le moral est plutôt bon. Il a reçu ce matin l'enveloppe que Naarou lui fait parvenir chaque mois par l'intermédiaire de Penda. Comme d'habitude, il n'a pas osé en parler à Tacko. Il a acheté son ordonnance et celle de Tacko qui, depuis quelque temps, a des problèmes de digestion. Le médecin a dit qu'elle a un ulcère à l'estomac et qu'il faudrait qu'on l'opère un jour. Le mot « opérer » lui fait peur comme ces monstres de l'Antiquité jamais vus et dont on a pourtant une peur bleue. La cataracte n'a qu'à couvrir entièrement ses yeux. Tant pis, il ne se fera pas opérer.

Les vieux retraités, sur leur banc, sont en conversation fort agitée. Des bribes lui parviennent : « Pour dormir tranquille, il faut faire ce qu'on peut… Évidemment, les parvenus aiment se montrer… Un mouton à deux cent mille francs ! Pourquoi ne pas en acheter quatre ou cinq et en donner aux pauvres… Les pauvres, c'est que ça ne fait pas assez de publicité… En tout cas, moi, ces histoires de femmes qui rivalisent… je ne ferai que ce que mon portefeuille de retraité me permet. Moi… une femme me mener par le bout du nez ! À chaque fête des habits neufs… »

Yelli a deviné qu'il s'agit de la fête de *Tabaski*[1] qui approche. Il a engagé la conversation avec Amath.

– Tu ne vas pas au village cet hivernage ?

– Si, mais vers la fin. Est-ce que ça sert à quelque chose d'y aller maintenant… J'y réfléchis.

– Naani est venu hier. Il est reparti aussitôt. *Ndeyssaan*, il vieillit. Mais il a la mémoire encore infaillible, pour le passé. Il lui arrive d'oublier les choses du présent, jamais du passé.

– C'est curieux.

– Plus on vieillit, plus la mémoire s'attache au passé, tu ne savais pas ça ? Naani a dit qu'il a beaucoup plu à Babyselli. Une nappe d'eau a stagné plusieurs jours dans le canal ; tout le monde a cru que le fleuve Natangué allait encore courir de sa source vers les dunes.

– Tu as déjà été là-bas ?

– Je ne me souviens pas. Naani raconte que ma mère y a été lorsque je n'étais qu'un bébé. C'était pour assister aux obsèques de mon grand-

_____

1. *Tabaski* : Fête du sacrifice du mouton.

père paternel qui était aussi l'oncle de ma grand-mère maternelle. Cependant, je connais tout là-bas, même le nombre de termitières.

– Cela se peut, dit vigoureusement Amath. Mais tu ne peux pas imaginer combien la sécheresse a malmené les villages, les hommes et les bêtes. Je n'ai jamais pénétré dans Babyselli. Nous, nous sommes un peu plus au nord, mais tout est pareil partout : du sable ou des cailloux, et le vent qui écorche la joue et fouette les yeux. Il fut un temps – pas très loin, dit-on – où des étangs pleins de roseaux et de nénuphars jalonnaient « la route du bétail ». À présent, en fait de bétail, on ne voit que des carcasses mobiles, des squelettes en action, avec des cornes à n'en plus finir, qui vont, traînant leur faim et leur soif, loin, loin, là où il y a des forages.

– Naani a dit que la pluie qui est tombée là-bas le mois dernier, il n'en a jamais vu autant depuis quarante ans. C'est du reste la confirmation de ce qu'a rapporté la presse la semaine passée : « Pluies miraculeuses sur le Foudjallon. Cette région en avait tellement besoin ! Espérons que ça continue. »

En réalité, ce bulletin météo entendu à la radio, à la télé, lu dans les journaux, n'a revêtu une signification pour Yelli qu'après le rapport nostalgique de Naani : « L'herbe a poussé. Elle est déjà drue et verte. Quel miracle quand on sait que le sol est resté stérile depuis des décennies ! Les jeunes générations n'ont jamais vu ça. Tant d'eau... Dieu merci. Bien sûr, y a eu la rançon. La première pluie a duré cinq jours ; elle a transformé le village en un fleuve en crue, avec un courant fou, fou, fou, qui a emporté des cases et des greniers... presque vides, il est vrai. Quelques bêtes – oh, y en n'avait pas beaucoup – ont été surprises dans les enclos... L'unique cheval qui assurait le transport pour les marchés hebdomadaires dans les environs a péri ; la charrette gît à l'entrée du village, avec l'attelage. Personne n'y a touché. Seul l'âne a survécu, on se demande comment... Mais cette pluie, quelle aubaine ! La souche du jujubier de la tombe du Patriarche s'est mise à bourgeonner. Le jujubier va-t-il reverdir ! »

Tacko avait écouté le récit de Naani avec une grande attention. Elle avait posé des questions sur les familles qui vivaient encore à Babyselli.

— Est-ce qu'elles connaissent même l'histoire du jujubier ?

— Très peu, avait répondu Naani. Elles se contentent de soigner les tombes pour que leurs prières soient entendues là-haut.

Yelli se met à rêvasser, insensible au tapage

des vieux retraités qui ont manifestement changé de sujet : il est question d'un respectable dignitaire qui a remis à un multiplicateur de billets l'argent de la coopérative d'habitat qu'il gérait. « Il doit payer ! C'est du vol, trop de cupidité… La cupidité gangrène notre société. Bel exemple pour les jeunes ! »

Yelli passe. Son esprit est à la tombe du Patriarche et à ce moignon dont on dit qu'il avait jadis été un jujubier miracle, trouvé un matin au pied d'une tombe qui pourrait être celle de Yellimané ou de Sarebibi, ou de Touradio ou… – alors que, la veille, il n'y avait absolument rien. D'abord ébahis, les habitants avaient vite intégré le phénomène à la logique de leur propre existence fortement marquée par la présence de la lignée des hommes exceptionnels dont le souffle continuait à bruire à chaque appel du muezzin. Les populations avaient vu la manifestation de la grâce divine dans les fruits succulents que donnait le jujubier le quinzième jour du premier mois lunaire. Au fil des ans, la réputation de l'arbre extraordinaire avait passé les frontières et on accourait de partout pour se procurer le fruit portebonheur censé attirer la richesse et soigner tous les maux. La demande devenant de plus en plus importante et la production étant tout de même limitée, on s'était attaqué aux feuilles investies des mêmes propriétés. Une fois, en s'acharnant sur les branches dénudées, on en avait cassé une qui s'était détachée en provoquant l'écoulement d'une abondante sève blanchâtre, et plus jamais le jujubier n'avait donné signe de vie. L'érosion aidant, le tronc sec s'était progressivement réduit en un moignon énigmatique sur la tombe du Patriarche quand tous les arbres et arbustes avaient été vaincus par la sécheresse.

Plus tard, le moignon n'avait plus suscité aucune question dans l'esprit des vieux qui s'étaient relayés à travers les siècles pour entretenir la tombe du Patriarche, s'acquittant ainsi d'un devoir aussi simple que de donner à manger et à boire aux vivants, avec l'espérance d'une prime venue de l'au-delà.

« L'âme du grand Yellimané aurait-elle insufflé la vie dans ce moignon rabougri qui, depuis des siècles, défie insolemment les intempéries qui ont eu raison de la robustesse des ronces et des épineux ? »

Yelli a repris à son compte cette interrogation de Naani. Plus qu'une interrogation : un souhait, une certitude même. Il s'est senti heureux comme il ne l'a pas été depuis longtemps. Il a eu le vague sentiment que tout est voué à la renaissance. Ces bourgeons sur le moignon, il les sent fortement, plus intensément qu'au moment du récit de Naani.

Le convoi prit de l'allure en atteignant l'auto-route. Une vingtaine de véhicules de tourisme dont certains de grand luxe, autant de cars et deux camionnettes chargées de vivres et d'ustensiles pour un voyage à inscrire en lettres d'or dans les annales déjà prestigieuses du Foudjallon.

Yelli et Naarou aux anges. Merveilleux ! L'impossible, ça n'existe pas, autant le dire et le répéter. Dans les voitures, des manifestations bruyantes de joie chez les uns, une grave solennité chez d'autres. Allégresse sur le visage splendide de Bouri qui, assise à côté de Penda dans la même voiture que Naarou et Amsata, dorlotait affectueusement Ndèye, sa petite fille âgée d'un peu plus de dix mois, en pensant à Goudi parti à l'étranger pour un stage de longue durée.

Le mutisme de Tacko ne disait ni l'indifférence, ni la gaieté, tout au plus quelque fatigue due à la précarité de plus en plus manifeste de sa santé, visible aux cernes qui lui rapetissaient les yeux.

Le grand jour. Qui aurait pensé que ce serait si facile ! Yelli lui-même n'en était pas revenu. Cela faisait exactement quatre mois depuis le jour où, entre l'enthousiasme, l'appréhension et l'espoir du condamné, il avait pris le chemin de chez

Penda d'un pas un peu plus alerte que d'habitude, à une heure où il était sûr d'y trouver Naarou. L'espoir : parce que, entre-temps, la tension avait un peu baissé à la maison. Tacko était devenue moins nerveuse. La maladie, certes, mais atténuée par l'heureux événement qui avait percé dans le ciel d'une existence de plus en plus lourde à porter : la naissance de Ndèye avait effacé la douleur affreuse qu'elle avait ressentie à l'annonce de la grossesse de Bouri hors des liens du mariage et des œuvres d'un homme qui l'avait chassée d'une manière si honteuse. Le remariage avait été célébré le même jour que le baptême de l'enfant en une cérémonie très sobre telle que l'avait voulue Yelli « en raison du deuil qui vient juste de nous frapper avec la mort de tante Sekka, pour sa mémoire – que Dieu ait son âme – et pour le respect dû à mon père et à tout ce à quoi il tenait ».

La famille était là, au grand complet, dans la belle villa du jeune couple. Aucun signe d'inimitié n'avait été observé. Naarou avait été fortement commotionnée par l'aspect de Tacko qu'elle n'avait pas revue depuis longtemps. Au-delà de tout ce que Penda lui avait dit ! Elle avait éprouvé de la pitié. Profondément touchée. Pas loin de se culpabiliser. Elle n'avait pas tardé à se trouver une raison pour aller la saluer : « Chacun son caractère... Elle m'a éduquée... J'ai mangé du fruit de sa sueur, même si ça a été minime… Elle est ma… »

— Mère, Diagne.

— Naarou, Diop.

Rien, dans le ton de Tacko, n'avait fait ressortir de la rancune ou du mépris. Toujours remuante malgré l'embonpoint qui la gagnait et pesait sur ses genoux, Penda avait attiré Yelli dans un coin :

— Tu les as vues ?

— Rien ne m'étonne. Je savais que Naarou ne peut pas être vindicative.

*

Ce jour-là, revenant du « jardin », Yelli avait pénétré dans le salon de Penda.

— Tu as l'air de courir comme un jeune homme. Qu'est-ce qui est la cause de cette grande forme ?

— Le fait de me battre contre mes articulations. Tant que je peux supporter la douleur, je marche… Naarou…

— Bonjour, tonton Yelli.

— Nani est venu hier.

— Je l'ai vu. Il est passé à la maison, très vite, comme d'habitude.

– Sûr que vous avez trouvé une minute pour chanter.

Un sourire.

– Vous avez chanté. Et il t'a dit que…

– Le jujubier de la tombe du Patriarche a bourgeonné.

– Si tu pouvais deviner ma pensée… mon idée !

– Voir le jujubier. Le toucher. Ce n'est pas ça ?

Naarou avait ri de bon cœur, comme un enfant joyeux.

– Si je le pouvais ! avait dit Yelli, d'une voix chaude, pleine d'espérance, et les yeux grands ouverts comme pour sonder l'infini.

– Tonton, tu le pourras, *Inch Allah*. Nous irons tous à Babyselli avec toi, *yaay* Penda.

Ces mots dits dans un élan spontané, Naarou avait senti une vive émotion. Vivre la réalité de Babyselli et du Natangué et du Bourrour et du Kankamé. Marcher, sans le savoir, dans le royaume de Biti puisque le bois sacré s'est désintégré pour l'éternité dans les sables muets du Foudjallon. Voir que les mythes sont accessibles non plus seulement par le plaisir extatique que leur évocation suscite. Naarou avait frissonné d'un bonheur exquis puis, revenant à elle, elle avait confirmé :

– Nous irons à Babyselli.

Quelques semaines plus tard, une machine infaillible fut mise en branle. Pourquoi ne pas emprunter une voie bien rôdée par tant de gens qui, de plus en plus fréquemment, exhumaient une sainteté, un héros ou une tête couronnée parmi leurs proches parents jusqu'alors inconnus ! De nouveaux monument s'érigeaient et on les célébrait en grande pompe. Des généalogies inédites étaient mises à jour, tout le monde était content et chacun pouvait reconnaître les « grandes naissances ».

L'objectif de Naarou et de Yelli n'était pas du même genre, bien sûr, mais il fallait user de moyens efficaces. Un communiqué de presse parut dans le journal, par lequel les descendants de l'Almamy Sarebibi conviaient toute la communanté sans distinction de sexe, d'ethnie ou de religion, au pèlerinage à Babyselli pour honorer la mémoire du saint homme. Ensuite, les amies commerçantes de Naarou se mobilisèrent, Idy demanda à ses troupes ,de se donner à fond pour la réussite de l'événement. Magratte la griotte investit la radio publique pour expliquer la genèse de l'épopée du Foudjallon en débitant des énormités qui ne choquèrent que deux personnes : Yelli et Naarou. Les autres ne retinrent que la longue liste des personnalités citées qui, qui, *ndekete yoo* [1], étaient des descendants de l'Al-

---

1. *Ndekete yoo :* Expression pour dire sa surprise.

mamy-empereur. Yelli, contre toute attente, eut droit à la visite d'hommes et de femmes nantis qui lui remirent leur contribution, en espèces ou en nature, à l'occasion du pèlerinage qui les honorait tous.

Petit à petit, Tacko y crut. L'espoir d'une prompte guérison l'habita. Elle souhaita gagner quelques forces pour être de la partie, mais le surplus d'aliments qu'elle s'imposait pour y arriver la fatiguait considérablement et elle finit par y renoncer. Ce que son corps lui refusera, son moral le lui permettra.

L'effervescence et la bonne humeur étaient de mise pour tout le monde. Puis le jour du départ arriva. Fantastique, cette foule impressionnante d'hommes, de femmes et de jeunes de toutes conditions. Parmi eux, Amath et les retraités, et Lobé le *goor jigéen*, la crème politique, religieuse et coutumière, des hommes et des femmes d'affaires. Tous parés de leurs plus beaux atours, en blanc. Tous. Et aussi des gens humbles poussés à cette aventure excitante par une certaine manière d'entendre la solidarité : se donner, par sa présence, là où le devoir appelle le parent, le voisin ou la simple connaissance, fût-elle de la rencontre d'un jour.

*

Exténués par un si long voyage sur des pistes cahoteuses que, de mémoire d'homme, aucune voiture n'avait jamais traversées, les pèlerins arrivèrent enfin à Babyselli, à l'aube, un vendredi. Il fallut encore faire quelques centaines de mètres à pied pour ménager les véhicules et éviter aux hommes valides du convoi la corvée – cinq ou six fois répétée durant le trajet – de libérer les roues prises dans le sable avant de pousser les véhicules, sous une chaleur torride. Tacko et Penda montèrent à bord d'une charrette affrétée par Naarou.

Babyselli ! Des cases, presque pas d'arbres mais des épineux régénérés par les pluies de la dernière saison. Des hommes et des femmes simples et chaleureux. Une tranquillité émouvante. En contrebas de l'horizon, des dunes ocres sur fond de ciel bleu. Sur un autre côté, le canal, le Natangué, « le fleuve » simplement pour les quelques habitants dont la doyenne, tante Salimata, va allègrement sur ses cent ans avec son teint basané de peuhle, ses longues tresses argentées qui touchent ses épaules et sa tenue des grands jours : un boubou et un pagne teints à l'indigo, faits pour passer de mère à fille depuis plusieurs générations, un beau collier en ambre patiné, des boucles d'oreille torsadées en or et un très gros bracelet en argent à la cheville droite.

Pour goûter à la joie enivrante de ces retrouvailles, un repos bien mérité avant toute chose. Ciré, l'espiègle fils d'Idy qui vivait avec Penda, provoqua l'hilarité dans un coin, pendant que les portefaix allaient et revenaient, déchargeant de gros paquets.

– *Maam* !

– Oui ?

– Babyselli, c'est que ça ? Pourquoi on est venu alors ?

– Tu le sauras, petit garnement. Dors et fiche-nous la paix.

– Ces enfants des villes, dirent quelques -uns en riant.

L'ennui de Ciré s'évanouit dans la clameur des rires et des plaisanteries qui envahirent progressivement Babyselli après que les voyageurs eurent fait leur toilette et absorbé une délicieuse bouillie de mil préparée par de jeunes villageoises rentrées au bercail pour l'occasion. Une atmosphère de fête s'installa, agrémentée par le *tama*[1] de Guéwel qui, en ce jour unique, joua de son instrument comme il ne l'avait jamais fait auparavant.

Vers midi, la franche gaieté fit place à une fer-

-----

1. *Tama :* Petit tambour.

veur intensément vécue lorsque tante Salimata, émue jusqu'aux larmes, exprima en peu de mots son bonheur infini d'avoir eu à vivre ce moment sublime dans la longue et glorieuse histoire de Babyselli. Elle remercia les hôtes et reprit le chemin de sa case d'un pas majestueux, sous le regard admiratif de la foule.

Celle-ci fut invitée à aller au cimetière pour saluer les ancêtres avant le déjeuner. Les hommes ouvrirent la marche, les femmes et les enfants suivirent, sur le même rythme lent et dans le calme. Ils atteignirent en quelques minutes la vaste étendue de terre piquetée de branches mortes, sur un flanc du « fleuve ». Le cœur de Yelli battit très fort quand il franchit l'entrée matérialisée par un tronc vermoulu couché là où s'arrêtait de part et d'autre la haie d'herbes sèches haute d'un demi-mètre. La tombe du Patriarche ! Une motte plus large que les autres et le jujubier debout, seule force vivante dans ce paysage de silence et de nudité. Les tiges qui s'élèvent du moignon, les feuilles vertes et tendres qui bravent le soleil, le sentiment de béatitude que leur vue suscite ! Yelli respira le bonheur jusqu'au fond de son être. Son exaltation le transporta hors de la matérialité du temps et de l'espace. Au bout d'un moment, il se rendit compte que le cimetière se vidait. Autour de la tombe du Patriarche, Tacko, Naarou et lui.

Ils se regardèrent sans mot dire, puis Naarou se détacha avec un sourire radieux. Yelli frémit d'une idée qui l'envahit soudain lorsqu'il observa Tacko, à genoux devant le jujubier comme si elle humait les feuilles ; il eut envie de couper quelques feuilles et de les donner à sa femme. Quelque chose en lui chassa cette idée sacrilège. Toucher au jujubier et le voir disparaître à jamais ! Il se débattit entre la tristesse que causait l'état de sa femme et la culpabilité de nourrir de si noirs desseins contre ce jujubier qui était peut-être l'âme du Patriarche.

Tacko bougea. Yelli ne la quittait pas des yeux. Elle se redressa, avança une main d'abord hésitante, puis dénuda une tige d'un seul mouvement extrêmement rapide. Yelli souffla pour dégager sa poitrine oppressée et se sentit aux anges lorsque Tacko rouvrit la main pour lui montrer les feuilles en souriant pour la première fois depuis long-temps. « Je veux vivre », dit-elle.

Plus tard, tout le monde se rassembla sur la place centrale de Babyselli, la nuit, sous la lumière feutrée de la lune qui préparait sa retraite. Naani s'assit au milieu pour une veillée mémorable. Sa voix rauque et toujours envoûtante malgré son âge couvrit Babyselli. Il annonça qu'il entrerait dans l'épopée du Foudjallon par la douzième porte, là où Gueladio fait ses adieux à la chasse après que

Dioumana se fut enfuie dans le ventre de Tarou la Baleine. Naani pinça son *xalam* et sa voix se lança dans la nuit, sous la lune en veilleuse :

> Par la mémoire de tous
> Et la voix du griot
> Et le son du *xalam*
> Depuis l'aube des temps
> Le chant…

> *Subhaanama*[1] Dioumana
> La mélopée est air de sirène
> Pour l'hommage à l'ancêtre primordial
> Lorsqu'un pas dans le fleuve
> Et l'autre dans l'île de mer
> L'épouse de l'Almamy
> En posture d'accolade
> Se glisse comme éclair
> Dans le ventre de Tarou.
> *Eyôô eyôô* prunelle de chasseur !
> « Si je te perds, que le clan me maudisse ! »

> Plus vive que le son
> La flèche de Gueladio
> Tel le fil dans le chas de l'aiguille

---

1. *Subhaanama :* Interjection exprimant l'admiration.

A pris le talon de Dioumana
Au ras de l'immense gueule en fête.
« Si je te perds je ne suis pas du sang de
                                    Soukabé. »

Et la brousse d'entrer en sarabande
Étrange concert de rugissements fébriles
Cocoricos stridents
Barrissements sourds
Toute la faune en un chœur vertigineux
D'aigres et de rauques

De secs, de nasillards et de clairs.
Et de crocodiles qui lamentent
Au-dessus du fleuve volcan furieux.

La brousse debout
Et Gueladio parmi elle
Homme-lion, pas de félin
Il danse *mbarawacc gaynde Njaay*[1]
Gronde la brousse, gronde, gronde
Mbarawacc gaynde Njaay
Transe de chasseur repu
Transe, ivresse d'artiste.
Et, soudain…

---

1. *Mbarawacc gaynde Njaay* : Hymne des chasseurs.

Un désert de glace
Quand le Maître en salut final
Devant la brousse pétrifiée
Déposa au creux d'un baobab
flèches, fétiches, arc et gibecière.

« À toi Yellimané
L'empire de la brousse
Et ses mythes et mystères
Quand l'ombre épouse les cimes
Et que vogue sur des mers invisibles
Le vaisseau de nos quêtes éternelles.
Tu es d'acier qui ne plie au feu
Tu es de sève de lumière ô Verbe
Pour dérouler sur le champ d'épines
Arrosé par ton père l'Almamy
Champ de mort à bride rompue
Le tapis blanc
De gloire de deuil
Pour l'honneur de ton père.
Eyôô eyôô Dioumana ! »

Et le chant de s'étirer comme un fleuve sans embouchure : quand Gueladio eut déposé ses armes dans le ventre du baobab, un trou béant s'y forma et se mit à gagner de la profondeur au rythme des incantations qui s'échappaient comme un hoquet douloureux de la gorge du chasseur. Peu de temps après, une fumée âcre, odeur de souffre, envahit l'endroit. Tout devint brusquement noir et une explosion terrifiante fit trembler le sol. Le baobab se consuma sous les flammes rouges et violettes.

Personne ne put dire comment Gueladio avait traversé l'impressionnant rideau de feu qui se dressait en barrière infranchissable à l'orée de la forêt. De retour chez lui, il y avait trouvé tout ce que la contrée comptait de chasseurs initiés, dans leur tenue de cérémonies rituelles : une sorte de jupe courte en peau de caïman, de lion, de panthère ou de serpent, selon les sociétés secrètes auxquelles ils appartenaient, une toque rouge en forme de cône agrémentée de lanières nouées sous le menton et à la nuque, un long collier de fibres végétales avec un pendentif formé de plusieurs morceaux de métaux divers en forme rectangulaire.

Brèves salutations. Énigmatiques conciliabules, et un décret tomba : Sangré le griot de Gueladio porterait un message à l'Almamy : « Les songes du cœur de la nuit sont nés des balbutiements de petit matin. Yellimané démêlera les fils embrouillés de l'écheveau s'il jette cette bille en cuivre dans le feu ardent qui brûlera ses habits de circoncis. D'ici là, Gueladio attendra chaque année un troupeau de quarante-neuf éléphants portant chacun le tiers de son poids en or. »

Le chant dit la fierté blessée des gens du turban. « Comment ces chasseurs qui ne sont que de piètres animistes peuvent-ils avoir l'audace de défier ainsi notre Almamy ! Évidemment, tout arrive toujours par une femme… Cette Dioumana, quelle ensorceleuse ! Pourtant l'Almamy aurait pu épouser les meilleures femmes du monde. De belles, de bien nées, de notre clan. Mais Satan court en nous, il est dans notre sang… » Pointe de regret. Sentiment d'avoir presque blasphémé, mais « dure est toute vérité ».

Pas question de laisser Sangré aller jusqu'à l'Almamy. Lambi le griot reçut le message et la boule en cuivre. Un moment après, il transmit la réponse : « À Babyselli les épouses qui valent de l'or ne fuguent pas. Que Gueladio garde sa bille en cuivre. L'enfant est encore au berceau, lui rendre sa mère est un devoir. L'Empire compte assez d'hommes valeureux pour le faire. Adieu. »

Le chant de conter : Warèle, la vieille esclave qui gardait Yellimané, avait demandé à sa fille Bannê de veiller sur l'enfant le temps pour elle d'aller « derrière les palissades ». Elle avait marché d'un pas ferme, autant que son âge le lui permettait, pour guetter le passage de Sangré et des deux hommes qui l'accompagnaient. Quand elle les aperçut, elle se mit à gémir en pressant la petite blessure qu'elle venait de se faire sur la plante du pied droit à l'aide d'une épine. Du sang giclait. Les trois hommes se précipitèrent : qui lui ligatura la cheville, qui sortit un canif de sa poche et, en lui demandant affectueusement d'être courageuse, ouvrit la blessure pour évacuer le venin de la vipère, qui arracha non loin de là quelques feuilles et les mâcha avant d'en recouvrir la plaie. On choisit des feuilles plus larges et des lianes pour maintenir le pansement. Feignant d'avoir retrouvé ses esprits, Warèle respira profondément et les remercia du fond du cœur. Elle leur tendit ensuite une écuelle et souleva le van qui couvrait une calebasse pleine de lait mélangé avec du couscous. Ils se régalèrent à tour de rôle et ne tardèrent pas à sombrer dans un profond sommeil. Warèle fouilla dans les poches de Sangré et prit la bille en cuivre. Le cœur gonflé de joie malgré la douleur qu'elle ressentait, elle regagna la cour de l'Almamy en se jurant de garder son secret comme un trésor.

Quelques jours après, son pied enfla et son corps robuste commença à céder aux brûlures d'une fièvre qui résista à toutes sortes de médications. Warèle sentait bien qu'elle allait devoir capituler. À presque cent ans, ce ne serait pas déshonorant. Elle profita d'un moment où Bannê était dans les bois, pour appeler Biti sa petite-fille âgée de douze ans à peine mais modelée avec la même pâte que la grand-mère : tenace, l'esprit vif, le réflexe rapide. Elle jouait avec Yellimané en essayant de lui arracher des éclats de rire, ce qui n'était pas facile.

– Biti !

– Oui, grand-mère.

– Si, demain, on te disait que Wawa est morte ?

– Tu m'as dit que tu ne mourras jamais. Alors, si tu meurs, tu m'auras trompée…

– Biti, je ne mourrai jamais, mais il y a une condition, tout de même… Et cette condition, elle dépend de toi…

– Alors, Wawa, tu ne mourras jamais.

Son œil était du vif argent pour sonder le visage placide, les yeux mi-clos et les nattes blanches qui débordaient du foulard.

– Ce qu'il y a de vrai, de pur, d'éternel en moi, je le cacherai en toi. Ce corps infidèle, fragile, tu vois comme il est vilain ! Il doit aller à la retraite, loin des regards, et je vivrai toujours en toi… Dans le ventre du baobab, au milieu de la cour, j'ai gardé une corne de bœuf à l'intérieur de laquelle se trouve une petite bourse en peau de crocodile... Une bille en cuivre est dans la bourse. Quand tu seras grande, ma petite, c'est moi en toi qui irai déterrer la corne... Moi avec toi... Yellimané, ce jour, sera un homme. S'il faut fendre le ciel pour lui faire parvenir la bille, nous le ferons... Dans le bois sacré, avant que le feu des circoncis ne s'éteigne... Nous deux... Avant ce jour, ne dis rien... Ne disons rien.

*

Bien sûr, la guerre éclata. Guerre longue et ravageuse entre le clan du Livre et celui des chasseurs magiciens. Guerre spectaculaire entre les guerriers de l'Empire et Tarou la Baleine qui neutralisa toutes les armes de l'ennemi, quelle que fût leur nature et d'où qu'elles vinssent. Guerre dévorante de douleur à brimer, d'orgueil à jouer, de passion à réprimer dans le corps de Sarebibi. Mais pacte sublime autour de l'enfant, pour son éducation : « il est de son père et de sa mère » avaient reconnu les deux parties. Moitié de lune pour apprendre l'art de la chasse, moitié pour s'entraîner à être le digne fils de l'Almamy...

La geste de vibrer de l'ineffable beauté du concert qu'animèrent, en une nuit d'éclipse, Lambi et Sangré lorsque, debout sur ses quinze ans, Yellimané se plaça entre les deux armées, les supplia de cesser les hostilités et promit ferme de délivrer Dioumana. Gueladio jugea que l'heure n'était pas encore venue pour l'adolescent de réussir l'exploit mais accepta de retirer ses troupes du champ de bataille. Pendant cinq bonnes années Yellimané alla chaque jour implorer Tarou et celle-ci posa toujours comme condition la conquête de nouvelles terres, au profit de son père comme le voulait la coutume, puisqu'il n'était pas encore circoncis.

La renommée de Sarebibi en fut extraordinairement renforcée. Dans l'imagerie populaire, il incarnait le saint invisible, l'ascète qui guidait dans l'ombre le bras de son fils. Une légende se tissa autour de lui ; légende de mystère et de crainte, nourrie par le fait qu'il ne paraissait plus en public. L'évocation de son nom suscitait crainte et vénération ici, haine et terreur là où les armes meurtrières des soldats de l'Empire avaient semé la désolation. Les seules communautés qui avaient échappé à sa domination étaient celles des chasseurs.

La vingtième année de Yellimané fut celle où sa classe d'âge devait affronter l'épreuve décisive pour gagner son statut d'homme à part entière. Le chant dit les fêtes et folies qui mirent fin à trois mois de retraite dans la forêt, ainsi que l'odyssée de Biti, la fille de Bannê : depuis l'enfance elle avait respiré l'air du temps et avait vécu au rythme de la guerre et de l'histoire de Dioumana qui dormait dans le ventre d'une baleine – son ancêtre – et qu'une énigmatique bille en cuivre aurait permis de délivrer si l'Almamy ne s'y était pas opposé. Puis elle avait filé avec les années et était devenue la femme de Massiga, un jeune palefrenier de l'Empire. Trois maternités n'avaient altéré ni la souplesse de son corps, ni l'agilité de ses membres.

Ce jour-là elle avait participé comme tout le monde aux préparatifs de l'accueil triomphal qui devait être réservé, le lendemain, aux circoncis. Guidée par la clameur alors que le crépuscule s'annonçait, elle avait profité de l'effervescence générale pour se dérober à tout regard qui aurait pu être indiscret. Elle avait franchi sans peine le buisson d'épineux qui précédait les premiers taillis. La bille était maintenue sur son ventre par une ceinture en étoffe. Se sentant bien en sécurité derrière un rideau de caïlcédrats, d'eucalyptus, d'acacias et d'autres espèces qui dominaient de leur imposante stature d'innombrables arbustes, elle avait revêtu une tunique de circoncis et ajusté le bonnet au-dessus de ses nattes assez plates pour ne pas se laisser deviner. Sa nature ne la prédisposait pas aux fortes émotions mais elle avait tout de même ressenti quelque chose – peut-être le rire de Wawa – lorsque les battements de tam-tam et les paroles scandées devenaient de plus en plus distincts. Les feuillages drus laissaient voir sur le ciel une pénombre en arabesques. Ça et là des gazouillis, ça et là un craquèlement, ça et là des murmures et, tout d'un coup, une lueur… une flamme qui monte, qui monte, qui danse, qui crépite, et un chœur, des voix cuivrées, chaudes comme la bille qui a l'air de se dilater autour du nombril de Biti. D'un geste nerveux elle a tiré sur la ceinture en étoffe et a recueilli simultanément la bille dans le creux de sa main gauche. Elle a lancé sa jambe droite. Allure du guépard, corps fluide, elle a fondu dans la masse de centaines de jeunes gens venus de tous les coins du pays, grisés par l'euphorie d'un jour si beau. Jeu d'enfant alors que de repérer le bonnet surmonté d'une crinière blanche, (marque distinctive de l'héritier de l'Empire), et de glisser la bille dans la main de Yellimané qui en avait tant et tant entendu parler qu'il avait fini par croire à un de ces pièges que les détenteurs de savoir ésotérique tendent à leur progéniture pour tester leur capacité de recevoir l'héritage.

Fleuve sans embouchure qui se meut dans ses plis et replis et soubresauts, la geste s'épaissit de la salve des *Junjug*[1] quand ce fut au tour de Yellimané de jeter ses effets dans le feu ardent qui dévorait leur enfance. Le feu crépita de plus belle, des étincelles jaillirent ; Yellimané sentit comme une décharge de foudre dans son corps, il crut qu'il allait s'évanouir. Mais non, il dansait, il volait, il tournait, avec au fond de son être, un sentiment d'immense bonheur, une impression d'immatérialité dans un monde merveilleux. Lorsque ses pieds s'immobilisèrent enfin sur l'humus battu, il fut tout étonné de voir qu'une chevalière en argent ornait son auriculaire droit.

Cris d'allégresse. Ballet des flammes attisées par la brise du soir.

Atmosphère enivrante. Dans la mêlée, on saisissait au hasard un adversaire que l'on tentait de terrasser, comme à la lutte, pour démontrer son adresse et sa combativité. C'est ainsi qu'un adolescent avait provoqué Biti par un croche-pied qui ne la déséquilibra pas. S'en suivit un corps à corps difficile que dénouèrent l'intelligence et l'expé-

---

1. *Junjug :* Tambours d'apparat.

rience de Biti ; chacun s'évertuait à raffermir sa prise sur les bras de l'adversaire quand, tout d'un coup, Biti lâcha la sienne : son adversaire exulta et, pendant qu'il fonçait comme un éclair pour prendre la jambe de Biti, celle-ci bondit, saisit le garçon par la taille et le déposa sur l'humus en une fraction de seconde. Dans sa chute, le jeune homme avait touché le sein de Biti. En se relevant, il avait crié avec une puissance féroce : « C'est une femme ! C'est une femme ! »

Il était trop tard lorsque Yellimané réalisa la nature du drame qui se jouait à quelques mètres de là.

Il reconnut Biti. En pleine gorge, elle portait comme un étendard, une flèche empoisonnée. C'était la loi. Yellimané devina que c'était elle qui lui avait remis la boule. Il pensa aux trois enfants… « Avec ce corps sculpté qui ferait la fierté du plus beau des héros… »

Le contingent faisait déjà ses adieux à la forêt pour des festivités jusqu'à l'aube. Yellimané y retournera au cœur de la nuit pour offrir à Biti un linceul, du parfum et des prières au fond d'une pergola blottie entre deux collines. Le lendemain, l'annonce de la mort de Biti avait plutôt choqué ; pourquoi avait-elle eu l'audace de déranger les coutumes ! « On n'a que ce que l'on mérite. » Yellimané ne dévoilera pas la vérité par respect et admiration pour celle qu'il considérait comme une héroïne tombée au champ de bataille et dont le secret n'avait pas besoin d'être divulgué, sauf à son mari...

*

L'espoir enfin pour des peuples las de la guerre quand, de bouche à oreille, se répandit l'oracle de Gueladio : « Fils de Dioumana, maintenant et maintenant seulement tu pourras réaliser ce que ni l'armée de ton père ni aucune armée ne réussira jamais. Va sur le chemin qui te mènera chez Tarou l'ancêtre. Tu lui rendras cette bague qui, en réalité, lui appartient, et elle te rendra Dioumana. »

La confrérie du turban s'était sentie humiliée. Certains dignitaires avaient ruminé leur colère. D'autres avaient crié au scandale lorsque, péremptoire, l'Almamy avait dit à Yellimané : « Tu peux y aller. Choisis les soldats que tu voudras. Il n'est jamais trop d'expérience pour forger un homme. »

Yellimané avait rassemblé ses hommes dans une atmosphère qui sentait la défaite et la honte. « Notre Empire bascule dans le trou du déshonneur », avait osé Fara Maram, l'un des lieutenants qui avaient appris à Yellimané l'art de la guerre. La flèche de l'adolescent lui avait aussitôt imposé un silence éternel. L'Almamy avait découvert son visage que cachait le turban. Son teint était de sable de dune, son regard hypnotisant.

– Yellimané…

Le jeune homme s'était mis à genoux, les mains à plat sur le sol, les yeux baissés, l'oreille collée à la bouche du père.

– Almamy…

– Le jour et la nuit pour faire un jour…

La lumière et l'ombre pour toute vie…

Au nom du turban je jure

Pas de vie si l'étincelle ne jaillit !

Yellimané avait attendu, immobile. Puis, étant assuré que l'Almamy avait fini de parler, il avait répété ce qu'il considérait comme une leçon de plus, sans bouger. D'autres voix avaient repris en chœur les mots de l'Almamy.

– Yellimané…

– Almamy…

– Lève-toi. Va… et reviens.

Comme un air de délivrance, un vent d'allégresse avait soufflé sur les doutes et les craintes de ceux qui avaient perçu le message de Sarebibi. Lambi le griot s'était chargé du reste : de sa voix de ténor il avait amplifié les paroles de l'Almamy pour en faire avec son *xalam*, un hymne de puissance et de gloire distillé dans les veines de chaque membre du clan, des plus humbles aux plus grands…

*

Yellimané avait pris le chemin de l'exploit, et l'épopée de s'en gonfler comme un fleuve en crue : mille et une aventures fantastiques, des barrières étranges se dressèrent sur la route de l'héritier prodige, des essaims d'abeilles surgissant brusquement et remplissant l'espace de leur nombre et de leurs bourdonnements, des hordes d'éléphants furieux fauchant tout sur leur passage avec des barrissements à étourdir le plus intrépide des chasseurs, une énorme dépression tout à coup devant soi alors que la surface était bien plane et de terre ferme, avec des milliers de serpents rampant, sifflant et se tortillant dans un ballet nauséeux, des flèches incandescentes volant de toutes parts et terminant leur course infernale dans la chair de braves guerriers. Et bien d'autres horreurs, et bien d'autres. Le cœur gros mais armé d'une ferme volonté de vaincre, Yellimané avançait contre vents et marées, la bague dans la bouche, bien serrée entre ses incisives qui la mordaient fort, toujours plus fort, conformément à la consigne de Gueladio : « Entre les incisives seulement, et que ta langue ne l'effleure surtout pas ! »

Le dernier obstacle franchi, Yellimané et ses hommes s'étaient retrouvés en face du fleuve Natangué. Le voile de brouillard qui le recouvrait se dissipa peu à peu. Tarou la Baleine apparut enfin, trônant sur son divan aquatique. Spectacle majestueux en ce *yoor-yoor*[1] en demi-teintes !

Un coin de paradis dans le ciel… « Mais non, se dit Yellimané. C'est maintenant que tout commence. » Il mord la chevalière, fort, très fort, toujours plus fort. Un incendie dans sa trachée-artère. Une bave épaisse et insipide s'échappe de sa bouche qui brûle. Yellimané avance. Le fleuve est calme. Les crocodiles qui s'y pavanaient ont mystérieusement disparu. Yellimané tient la queue dans la main gauche ; la bague a atterri dans le creux de sa main droite. Elle est bien gluante. Il essaie de la coincer entre le pouce et le majeur. Un bout pointu de la queue s'offre à la bague. Les deux mains de Yellimané se touchent. L'extase ! Ô ciel… Quoi ! Yellimané est très vite ramené à la réalité par les crépitements sourds d'un métal trempé dans le fleuve. Plouf… f… f… ! Des

---

1. *Yoor-yoor :* Entre 9 et 11 heure.

139

vapeurs. Un univers qui s'écroule. « Était-ce un mirage... Aurais-je rêvé... Ou encore un tour de Tarou... » Pas le temps de se lamenter. Un réflexe a fonctionné : triompher de toute adversité ; et la proie est si proche ! Yellimané a dégainé. Son poignard vise, de biais, le ventre de Tarou ; il s'est violemment abattu sur la cible mais n'a découpé qu'un plan d'eau avant de tracer un sillon béant dans la cuisse de Yellimané par un effet boomerang.

*

« Mourir, plutôt que de rentrer bredouille. » Il caressait la chevalière retrouvée sans surprise vraiment à son doigt au moment où il reprenait conscience.

« Sans Dioumana, je n'entrerai pas dans Babyselli. »

Décision sans appel. Obsession plutôt, qui meubla ses nuits de cauchemars et de souffrances atroces dans un lit de fortune fait de branchages et de feuilles mortes. Malgré lui, il resta immobile deux bons mois avant de pouvoir tenir sur ses pieds. Souvent, la chanson sonnait à son oreille :

Yellimané fils de Sarebibi
Flamme chaude dans le cœur des jeunes filles
Elles chantent tes exploits
Quand la brise de mer caresse les dunes…

Et réapparaissait, en relief sur un tableau de rondes et de perles d'eau sur des visages radieux, l'image de Diakher, l'heureuse élue. Suivait la représentation de leur mariage tel qu'il aurait lieu quelques semaines après son entrée triomphale dans Babyselli avec Dioumana comme trophée. « Le véritable exploit, se répétait-il, il est ici et nulle part ailleurs. Conduire Dioumana auprès de… mon père l'Almamy. » Mère lointaine, personnage de légende vivant désormais du terreau fertile de l'imagination, Dioumana n'existait dans la vie de Yellimané qu'en ce qu'elle était pour l'Almamy qui, lui, restait le père avec l'immense autorité de ses charges temporelles et spirituelles. Éduqué pour dompter ses sentiments et pour tendre vers un modèle de surhomme digne de ses prestigieux ancêtres, Yellimané n'était pas fait pour goûter à cette affection teintée de pudeur que partagent habituellement les hommes de son espèce avec leur mère sur un plateau de respect et de modestie, en se rappelant qu'un être est là, beaucoup plus puissant pour avoir offert un gîte dans un coin de son ventre, et du lait, et de

l'amour, tout en avalant, peut-être, d'innom-
mables misères.

Pourtant, toute sa jeunesse avait été remplie de
l'histoire de Dioumana : sa grande beauté, son
courage, sa témérité. Bref, son caractère en acier.
Il lui était maintes fois arrivé d'écouter les plaintes
d'Assata « la mère exemple de l'enfant unique »
qui n'avait pas longtemps survécu à « la grande
honte », selon ses propres dires, d'avoir mis au
monde une fille terrible, un monstre terrible au
point de déserter – pour des broutilles – l'alcôve
d'un Almamy et d'aller se jeter dans la gueule
d'une baleine ; terrible au point de provoquer
toutes ces tueries sauvages et de semer la haine
entre des communautés qui auraient pu vivre éternellement en paix.

Yellimané s'amusait de ces plaintes et Assata
broyait son malheur qui la délestait chaque jour de
quelques aunes de vie. Puis, un soir, elle était
partie parce que l'aventure si folle de sa fille ne
s'était pas transformée en une boîte à rêves
bondée de fantasmes extravagants. Pour cette
raison, elle n'avait jamais pu suivre Gueladio dans
les sphères souterraines et obscures qui l'absor-
baient totalement pour les besoins du combat tita-
nesque qu'il livrait contre l'Almamy. Gueladio lui-
même avait dû oublier qu'elle existait encore,
jusqu'au jour où la réalité implacable l'avait obligé

à pousser avec respect et dévotion quelques mottes de terre sur le petit paquet de corps rigide à introniser ainsi au temple des esprits tutélaires .

*

L'épopée chante encore : Yellimané rassembla ses troupes et reprit le chemin de l'aventure. Même scénario de barrières infranchissables, d'efforts surhumains, d'exploits inimaginables et de rêve brisé là où l'espoir était enfin permis. Seule nouveauté : Tarou disparaissait simplement du paysage à l'immersion de la bague. Un geste de tendresse, peut-être, pour éviter au fougueux rejeton la tentation d'une croisade sanguinaire qui lui aurait coûté cher.

Même retraite sur un coin de terre, non loin des rives du Natangué. La découverte de la bague au bout d'un sommeil plutôt assommant. Et la détermination à recommencer tout de suite. Sisyphe sur les terres du Natangué. Le calvaire dura quarante jours. Yellimané n'était plus que d'os et d'yeux exorbités, mais quels yeux ! Étincelants d'intelligence et débordants du charme mystérieux qui recouvrait d'un halo irrésistible les saillies de son visage amaigri.

Quarante jours de martyre pour l'héritier prodige. À l'aube du quarante et unième jour, l'Almamy fit battre les tambours sacrés qui ne résonnent que pour introniser ou enterrer un Almamy. Les âmes du Bourrour et de tout le Natangué et de tout le Kankamé et de toutes les localités vassales couvrirent les rues et les sentiers et les pistes. Un flot humain, sorti de tous les coins du pays, déferla en grossissant continuellement vers la demeure de Sarebibi. Un océan d'hommes, de femmes, d'enfants, tout de blanc vêtus, à perte de vue. Immobile et soudain en mouvement lorsqu'une trompe relayée par la rumeur ordonna à la foule de se diriger à l'endroit précis où devait se trouver Yellima-né. L'hymne lancé par Lambi rythma la marche des milliers et des milliers de fidèles et de sujets :

> *Le jour et la nuit pour faire un jour*
> *La lumière et l'ombre pour toute vie*
> *Au nom du turban je jure*
> *Pas de vie si l'étincelle ne jaillit.*

Les langues se délièrent et les cœurs battirent très fort quand la rumeur précisa que l'Almamy Sarebibi en personne était au premier rang de cette marée humaine pour enfin délivrer Dioumana, puisque Yellimané et ses hommes n'étaient pas revenus.

La nouvelle parvint bien sûr aux oreilles de Gueladio. Le vieux chasseur sourit intérieurement des prétentions de l'Almamy qui, selon lui, frisaient l'effronterie d'un enfant. Défier Tarou, quelle bêtise ! Il se mit ensuite à rire à gorge déployée, offrant ainsi à ses proches le spectacle rare, très rare, de sa bouche édentée et de ses gencives rougies par la cola. Après cet accès insolite de gaieté, il vida sa poitrine dans une flûte. Les tribus de chasseurs formèrent progressivement un rassemblement monstre pour commenter ce que chacun savait déjà : l'Almamy en personne, sans armes ni bagages, avait décidé d'aller vers Tarou. Un tel spectacle, conclurent-elles, méritait d'être vécu. Elles marchèrent en direction du fleuve, par un côté opposé.

Le chant précise : il est des faits qu'il ne sera jamais donné à l'être humain de décrire. Tel fut ce face à face entre deux clans que tout séparait a priori mais qui se trouvaient là par la magie de la beauté d'une femme : l'Almamy sur une rive, les mains nues, son turban ne laissant deviner que ses yeux, Gueladio en face, sur l'autre rive, le crâne chauve, le buste recouvert de longs poils blancs. Une foule immense, dense, recueillie. Un silence accablant. L'attente. De temps en temps, quelques clapotis.

Arrive Yellimané. Ce qu'il ressent, lui seul le

sait. Il n'a pas regardé du côté où se trouvait Sarebibi. Il avance vers Tarou avec une belle assurance
qui comble l'Almamy. Il a saisi de la main gauche
le bout pointu de la queue de Tarou. Pour la quarante et unième fois. A-t-il compté ? Et la voix de
Sarebibi a retenti en une mélodie captivante.

– Au nom de Dieu le Clément le Miséri-
cordieux !

Puis, très vite, il a changé de registre. Le ton
est impératif, frénétique :

– Yellimané ! Dis ! Dieu seul est grand. Dis !
Yellimané, dis !

La foule resta muette encore un petit moment.
Interdite, comme cette armée de nuages qui avait
l'air de lâcher la voûte céleste sur les têtes abruties
par l'émotion et qui semblait avoir suspendu ses
menaces, tout en les laissant planer avec ostenta-
tion sur la multitude d'hommes, de femmes et
d'adolescents à la lisière du rêve : tout s'est passé
si vite qu'elle a eu du mal à réaliser ce qui était en
train de se produire. Ceux des premiers rangs
virent une parcelle d'eau se soulever en trombe
avant de se désagréger en une grosse gerbe à
petites bulles qui, en se perdant dans le fleuve,
laissèrent apparaître Yellimané tenant Dioumana
par la main. Dès lors, une hystérie collective
secoua les foules, de part et d'autre du fleuve.
C'étaient des cris de joie et d'admiration, des

danses et des chants. C'étaient aussi des larmes de bonheur. Des femmes et des hommes entraient en transe. C'était le délire. Fou, fou, fou. C'était enfin, du côté de Gueladio, un concert de voix rugissant, d'instruments à vent, de sifflets et de crécelles.

Dernières foulées de Yellimané et de Dioumana dans le fleuve. Une merveille altérée par un relent de scandale pour les hommes de l'Almamy : la mère toute nue marchant côte à côte, main dans la main, avec le fils qui – pudeur ? – ne la regarde pas. L'épouse de l'Almamy… Ô sacrilège ! On baissa les yeux du côté de Sarebibi et un lieutenant plus prompt que les autres se débarrassa de son turban, le déploya avec adresse sur le corps de Dioumana sans la regarder. Celle-ci, imperturbable, ajusta l'étoffe autour de son ventre et en fit passer un pan au-dessus de son épaule gauche. L'épaule droite, la tête et les jambes restèrent découvertes. Elle n'en parut nullement gênée. Pendant que, solennellement, Yellimané saluait son père, elle plongea son regard satanique dans le turban de l'Almamy. Ce dernier résista aux forces opposées qui l'assaillaient. Le poème ne s'était pas éteint ; il le savait. Il y pensait… Un bref moment, il savoura un bonheur intense, un courant voluptueux traversa ses veines. Tous les muscles de son corps se tendirent. Raides. Rebelles. Sensation de délice extrême. Là où la frontière entre le plaisir et la souffrance n'est qu'un fil ténu, ténu.

Il n'avait jamais connu pareille sensation auprès de Soda et de Collé qu'il avait épousées pour combler le vide laissé par Dioumana et dont il avait déjà eu une nombreuse progéniture. Il engagea en lui-même un combat douloureux contre la plaie jamais fermée qui le chatouillait fort, le martyrisait même. Il opposa une résistance féroce au désordre qui l'agitait jusqu'aux ongles, résolu à triompher. Il ferma les paupières, respira profondément, jeta un coup d'œil autour de lui en évitant Dioumana et en remerciant le Seigneur de la *sutura* [1] dont il l'avait honoré : grâce à sa coiffe et à l'ampleur de son vêtement, personne ne s'était aperçu de rien. Personne n'avait deviné que, à cet instant où se jouaient les dernières cartes qui détermineraient à jamais le destin des parties en présence, l'Almamy avait un pied au Paradis et un autre dans l'enfer attisé par la présence, le souffle et l'odeur marine de Dioumana.

Personne ne savait… Mais Lambi ? Évidemment, il savait. Sarebibi pensa à ce que, enfant, il entendait souvent de la bouche de Koumane, le père de Lambi. « L'équilibre de notre monde

---

1. Être doté de *sutura* : Présenter toujours une face respectable.

repose sur les épaules de la femme, du marabout et du griot… Mon Dieu, s'ils révélaient tous les secrets qu'ils détiennent, le monde éclaterait ! Il se briserait comme un canari jeté du haut d'une montagne… Mais oui, il se briserait en mille morceaux du fait des surprises occasionnées par la lumière brandie sur des coins faits pour demeurer éternellement dans l'ombre pour la paix et la permanence des sociétés… » Et le vieux Koumane terminait sa leçon du jour : « Lambi, écoute bien et retiens : le secret est la mine d'or inépuisable que nous partageons avec les femmes et les marabouts conscients de leur dignité… »

Sarebibi balaya des yeux l'étendue fourmillante qui se perdait à l'horizon et se dit que parmi toutes ces créatures, seul Lambi pouvait révéler la face humaine de l'Almamy. « Vieux Koumane, tu avais bien raison. »

Un regard intense en direction de Lambi – un mouvement de tête plutôt – et le griot comprit très vite en voyant l'Almamy faire demi-tour contre toute attente : il fallait contourner le fleuve et aller à la rencontre de Gueladio. Lambi se permit de raisonner à la place de Sarebibi : « Maintenant que les choses sont bien claires quant au rapport des forces entre le pouvoir des esprits et celui du verbe divin, l'Almamy doit honorer sa parole en rendant Dioumana à son père. Il avait promis… »

Il jugea que ce serait un grand soulagement pour tout le monde – Almamy en tête – de se débarrasser de Dioumana. Il ne voulait pas le dire, mais cette femme lui faisait peur avec ses yeux qui scintillaient comme un poignard au soleil et la perfection de son corps. « Pas de doute, le diable loge dans ce corps. »

Cette certitude ne l'empêchait pas de continuer à s'étonner de l'entêtement de Sarebibi à se condamner à un supplice que rien ne justifiait. Être fou de sa femme lui paraissait être quelque chose de tout à fait naturel, souhaitable même. Dans le passé et plus d'une fois, il avait usé du rare privilège qui lui permettait de parler librement à l'Almamy. Loin des regards et dans la solitude de la modeste chambre de son compagnon de case, il s'était permis quelques plaisanteries de coquin auxquelles l'Almamy avait répondu tout juste par un square énigmatique. Au lendemain de la fuite de Dioumana, il s'était rendu plus tôt que de coutume dans la chambre de l'Almamy. Visiblement, il était encore sous le coup de l'étonnement. Un esclave était en train de masser Sarebibi ; il avait exprimé son désir de lui parler, manière de faire sortir l'esclave. Les deux hommes s'étaient regardés dans les yeux. Lambi n'avait pas posé de question mais Sarebibi savait qu'il lui devait une explication :

— Dioumana était une étape... Une épreuve... Maintenant c'est fini.

— Rien n'est perdu...

— Tout est fini, grâce à Dieu.

— Que veux-tu dire ?

— Que l'amour a ses limites. Au-delà, c'est la perdition.

— Dioumana est ton épouse, Almamy ! Alors, quelles limites ? Je ne suis ni un saint ni un Almamy, mais je sais qu'il n'y a aucun mal à jouir à son aise du jardin légitimement acquis.

— Oui. C'est dit... C'est dit... Presque comme tu viens de le dire.

— Alors ?

— Alors... tout est question de choix. Mon propre choix. Mon ambition... ma résolution d'aller le plus loin possible dans la maîtrise de mes instincts. Les plus anodins, comme de manger, de boire... Les plus légitimes aussi. C'est comme si à midi dans le désert on te permet de boire une gourde d'eau et que tu n'en avales que quelques gorgées, celles qui sont indispensables à ta vie. Tu t'interdis de vider la gourde par désir de prouver qu'il y a en toi une force supérieure à la soif qui t'étrangle.

— Ce serait de l'orgueil... Veux-tu oublier que tu n'es qu'un homme...

L'Almamy ne l'avait pas laissé terminer :

— Et puis, il y a autre chose. Il y a l'humiliation

que Dioumana a infligée à notre peuple. À toi, à moi, à tous. Et à cet enfant qui est encore dans ses langes. Que dirais-tu si Sarebibi, ton frère de case… si l'Almamy – le fils de l'Almamy Badar – récupérait dans son lit une femme qui, au lieu de penser à son fils, à son sang et à ses devoirs, se comporte de cette manière honteuse ? Nous combattrons cent ans s'il le faut pour la rendre à son père. C'est un devoir dont nous nous acquitterons, *Inch Allah* !

Cela avait été dit avec une grande retenue, d'une voix lasse, lasse, lasse et tellement émouvante !

Ils s'étaient encore regardés un moment, chacun gardant le silence, et Lambi avait senti que la discussion était close.

*

Il ressentit quelque pitié pour l'Almamy et se ressaisit aussitôt en se forçant à considérer la vie avec philosophie et à conclure que chacun avait ses faiblesses. Même les saints n'échappaient pas à cette loi humaine qui, peut-être, donnait un sens à leur vie… La voie de leur salut… « S'ils ne péchaient pas, ils se prendraient pour Dieu et se mettraient pour de bon du côté de Satan… »

Marchant à côté de l'Almamy sur le sable fuyant sous leurs pas, Lambi sourit de son audace. Depuis quand s'adonnait-il à ces réflexions qui dépassaient ses compétences ? En d'autres temps l'Almamy lui aurait souligné son culot. En effet, dans la pratique de sa religion, il n'avait jamais été un exemple. Il s'était toujours contenté du minimum : les prières et le jeûne obligatoire. Aucun surplus pour prétendre à des grâces supplémentaires. Aucun écart grave non plus, si ce n'étaient les pratiques païennes auxquelles il continuait à se livrer à la suite de ses ancêtres. Il croyait en effet en des forces occultes cachées dans les éléments et qui, au même titre que l'invocation de la puissance divine, pouvaient assurer la protection des individus. L'Almamy le lui reprochait parfois sans vraiment insister, car lui-même, bien que bannissant ces croyances non fondées sur la religion, s'était fait un devoir de les respecter tant qu'elles n'étaient pas dirigées contre cette dernière. Depuis toujours il avait pensé que, à l'image des métaux précieux, l'homme tire sa force et sa résistance des alliages. Avec l'âge et la maturité, il était arrivé à mettre cette conviction au service de ses charges temporelles et spirituelles mais de manière qu'en toutes circonstances, elle ne fût qu'une réalité latente sous le poids immense et omniprésent de la religion. Il n'avait jamais oublié que sa mère l'avait maintes fois baigné avec des décoctions de racines et lui avait fait absorber des poudres « contre le mauvais œil » en demandant à l'enfant qu'il était de ne jamais en souffler un mot à son père.

Quand ses souvenirs lui renvoyaient l'image de sa mère, elle entraînait inéluctablement celle de Warèle, l'esclave choisie parmi tant d'autres pour tenir compagnie à Thioro lorsque l'heure vint, pour cette dernière, de quitter son Baol natal afin de rejoindre l'Almamy son époux. Deux silhouettes : celle de la mère, grande, altière, sachant être volontaire quand les circonstances l'exigeaient ; celle de Warèle, vive, attentive et du caractère, quel caractère ! Deux silhouettes mais la même détermination à assurer la protection du jeune Sarebibi dans un univers complexe où, sous une surface de civilités, se nouaient, s'enchevêtraient et se dénouaient tous les complots et intrigues qu'une course aux avantages, aux honneurs et à la première place pouvait engendrer. « Armer » l'enfant était donc plus qu'une nécessité.

Thioro usait de mille astuces pour y parvenir. La première difficulté était de pouvoir accéder sans témoin à son fils soumis au même régime que tous les garçons. La règle était, pour les « arracher au pagne de leur mère », de les regrouper dès l'âge de quatre ans dans un quartier de la grande concession où ils résidaient en permanence avec des encadreurs composés de maîtres d'éducation religieuse et d'adolescents qui en avaient appris assez pour pouvoir les seconder. Des griots chargés de leur enseigner l'histoire y passaient tous les jours. Koumane, le père de Lambi, était de ceux-là. Il avait imprimé dans le souvenir des jeunes de la génération de Sarebibi l'œil mobile, l'enthousiasme débordant, la voix impressionnante et les colères terribles lorsqu'une erreur avait souillé une perle – une seule – du chapelet de mille années d'histoire qu'il leur avait égrené la veille. Les jeunes griots étaient la cible favorite de ses colères : il voulait leur faire prendre conscience très tôt de l'importance de la responsabilité qui serait la leur au sein de la société. Mais toujours, quelle que fût l'intensité de la tempête, il terminait son cours par une anecdote pour faire rire de la niaiserie des autres... En final, une sentence comme celle-ci : « Lambi, Makhourédia, Diabou, écoutez-moi et retenez bien ceci : tous les défauts ont un visage, toutes les qualités aussi. Vous les reconnaîtrez lorsque vous aurez atteint l'âge... Actuellement, d'ailleurs, vous pouvez les sentir... Préférez la générosité – c'est-à-dire le don de soi – à la mesquinerie ! » Et il repartait comme il était venu, avec un visage indéchiffrable sous son large chapeau de paille rehaussé par de fines lamelles de cuir tissées avec art.

Entre l'éducation religieuse, l'histoire, les sorties quotidiennes pour une formation complète visant à modeler aussi bien la tête, la conscience que le corps, selon une programmation en fonction des classes d'âge, il n'y avait pratiquement pas de temps pour les garçons de penser à aller fouiner dans les courettes des femmes. Seule la nuit permettait de souffler, pour certains. D'autres profitaient de ce moment – jusqu'à une heure très avancée – pour réviser des leçons afin d'éviter les sanctions sévères de leurs maîtres et les railleries corsées de leurs camarades.

Comment tricher, alors ! Thioro, première épouse – parmi trois autres – de l'Almamy Badar, avait trouvé un prétexte tombé du ciel : elle était asthmatique depuis sa plus tendre enfance et sujette à des crises fréquentes. Warèle, l'esclave fidèle et dépositaire des secrets, entreprenait des voyages sans éveiller des soupçons, car elle était censée battre la campagne pour y trouver les guérisseurs capables de débarrasser Thioro de cette embêtante maladie. L'Almamy Badar lui-même fermait les yeux, voulant croire qu'il s'agissait de plantes et jamais de pratiques païennes ou de magie. De retour de ses voyages qui la menaient parfois très loin hors des frontières du pays,

Warèle triait son abondante moisson, étiquetait sous des sachets de différentes couleurs ou dans des canaris, cousait les gris-gris et décidait elle-même du jour où Thioro devait jouer l'article de la mort. Elle pouvait alors, après la bénédiction de l'Almamy Badar qui avait regagné ses quartiers, se diriger d'un pas ferme vers la concession des garçons, à l'heure où les pilons mêlaient leur folle cadence au chant des coqs et aux vibrations de la voix du muezzin.

À elle, alors, dans l'arrière-cour de Thioro, d'administrer les bains et d'admonester Sarebibi qui, dans ses dix ans, manifestait quelque gêne à se mettre tout nu.

– Quoi ! À qui veux-tu cacher « ces choses » qu'hier encore je lavais ! Effronté, va !

Et elle tirait d'autorité la petite culotte pendant que Thioro s'effaçait discrètement.

*

Le chant décrit le face-à-face des deux géants.

Rien ne bougeait. Même les oiseaux avaient suspendu leur vol. Brusquement les nuages s'étaient dissipés, laissant le champ libre à un soleil qui plongeait ses rayons impitoyables dans le fleuve immobile comme une plaque de métal. Un silence angoissant planait au-dessus des têtes. Lambi et Sangré prirent la première ligne, respectivement derrière l'Almamy et Gueladio. Ils prêtèrent leur voix.

– Gueladio, homme de la chasse !

– Homme du turban, j'écoute.

– Le jour et la nuit pour faire un jour !

– Mon royaume est d'ombre quand dort le silence.

– Le nôtre est une quête de lumière par le nom de Dieu…

– Que tu cherches, Almamy, dans la profondeur des ténèbres.

– Mais les ténèbres, à elles seules, ne mènent nulle part… Pourquoi choisir de boiter lorsque l'on a deux pieds sains ?

Pas de réponse de l'autre côté, mais une quinte tonitruante de toux qui s'échappait de la poitrine du vieux chasseur.

– Gueladio, Dioumana est ici présente… L'enfant a grandi. Il est allé libérer sa mère. L'honneur est à lui. Tu as réclamé ta fille, j'ai promis de te la rendre. Rien ne peut se faire avant l'heure. Il était sans doute écrit que ce serait aujourd'hui… Dieu, cependant, avait décidé qu'il y aurait un lien plus fort que nos haines et rancœurs. Yellimané est de vous, il est de nous… Gueladio !

– Yellimané est de vous, il est de nous. Il a ramené Dioumana…

– Gueladio !

– Almamy !

– Dioumana est à toi ! Elle revient chez son père.

La voix de Lambi se noua. Pas par compassion pour Dioumana à qui il disait intérieurement : « Bon vent et que la paix reste avec nous », mais pour l'Almamy. Il chercha les prunelles de ce dernier, le turban ne lui offrit qu'une fente qui, derrière son opacité, cachait un monde gigantesque peuplé d'une myriade de formes ressemblant à des embryons. Elles fourmillaient dans la tête de Sarebibi, embrouillaient ses pensées sans toutefois l'arracher à deux réalités auxquelles il s'arc-boutait comme à une bouée de sauvetage : sa misère et en même temps un sentiment de pléni-tude ; une vision de la délectation qui couronne-rait le chemin du supplice. Le délice d'un supplice volontairement assumé et vaincu ! Dire encore à Lambi – le seul témoin de ses enthousiasmes – lorsqu'ils seraient seuls :

– L'impossible, tu vois que ça existe !

Et l'entendre répondre :

– Non. Puisque tu l'as fait, ce n'est pas impos-sible.

Et, même si le griot ne le lui disait pas, il savait qu'il penserait – tous les deux penseraient – à la correction magistrale que l'Almamy Badar lui avait infligée un jour quand, à l'âge de neuf ans, il avait fait le pari de ressusciter un lézard qu'un de ses camarades avait soigneusement caché dans une sacoche pour, la nuit, faire une bonne blague aux autres. Le lézard, malheureusement, était mort étouffé.

L'Almamy ouvrit les yeux et s'aperçut que Dioumana était toujours là.

– Lambi !

– Almamy…

– Conduis Dioumana auprès de son père.

Lambi avait tout juste deux pas à faire sur la gauche de Sarebibi pour inviter Dioumana à le suivre. Ensuite, moins de cinq mètres à traverser. Un spectacle de terreur, au-dessus de sa tête, immobilisa son pied à l'ébauche du premier pas. Dioumana, entre ciel et terre, recevait de plein fouet une sagaie qui fendait l'air. Un sifflement macabre. Un choc. Au milieu de la poitrine. Lambi n'avait pas vu Dioumana bondir, décoller plutôt dans sa direction. Abasourdi, il eut quand même le réflexe de tendre les deux mains pour recueillir le corps. Yellimané le devança, déposa la dépouille à même le sable et tira vigoureusement sur la sagaie. Il sortit l'arme. Il savait, tout le monde savait, qu'elle visait l'Almamy. Ses yeux s'allumèrent, son torse se gonfla, il brandit la sagaie, pointe tournée vers le camp de Gueladio. Ses soldats dégainèrent. Il plongea son regard de feu dans le turban de l'Almamy, manière de solliciter son feu vert. Quelques secondes. Longues et poignantes. La voix de Sarebibi retentit enfin, douce et paternelle.

– Yellimané, non… Tu n'iras pas combattre une partie de toi-même…

Comme si Yellimané n'avait pas compris, il haussa le ton.

– J'ai dit non. Dioumana était ta mère. Ne leur retourne pas l'arme…

Yellimané baissa les bras, les autres firent de même. Quelques chuchotements du côté de Sarebibi. Mutisme dans le camp de Gueladio et, dans le cœur du vieux chasseur, un trou immense. Pour la première fois de sa vie, il avait senti quelque chose se rompre de cette manière au fond de son être. Pour la première et unique fois, il donna un sens à la mort.

L'écho, comme une vague furieuse, heurta plusieurs fois son cœur :

– Gueladio, la sagaie a touché Dioumana… Gueladio, Dioumana est morte !

On la purifia pour la dernière fois avec l'eau du fleuve et le turban de l'Almamy se déploya pour offrir à Dioumana une parure d'éternité. Avant de l'enterrer, tout près du fleuve, l'Almamy appela Gueladio.

– Ô maître des chasseurs !

– Almamy !

– Dioumana est restée.

– Oui, elle est restée.

– Pour toujours.

– Pour toujours.

– Pouvons-nous, ensemble, lui offrir quelques prières ?

– Ensemble. Oui. Nous pouvons.

Le chant :

Subhaanama Dioumana

L'antilope du Foudjallon.

Bañ gacce nangu dee[1]…

*

Naani se tut. Trois petites notes lentes, longues et plaintives s'échappèrent de son *xalam* et se dissipèrent dans les vapeurs de rosée qui annonçaient une aube décidément paresseuse. Naani se racla la gorge, déplia ses jambes engourdies, s'appuya sur les bras vigoureux de son fils Khourédia et se tint debout, face à la foule. Sa vue depuis longtemps défaillante ne lui renvoya qu'une masse informe

_____

1. *Bañ gacce nangu dee :* Refuser la honte, accepter la mort.

derrière l'opacité du petit matin brumeux. Des murmures d'admiration fusaient. Sa voix éraillée les couvrit :

– Ô fils de Babyselli, Dioumana est ainsi partie. Elle a fermé la douzième porte du chant, n'est-ce pas… Mais Yellimané reviendra. Il ouvrira la treizième…

Le coq du village ne le laissa pas terminer. Comme chaque matin, à l'heure où les semblants de lueurs se débattent dans les limbes de la nuit, il joua sa partie : sa voix résonna jusque dans le fond strié du Natangué. La foule trouva son chant déplacé, horrible. Les villageois eux-mêmes s'offusquèrent de l'insolence du coq : il aurait dû quand même savoir que ce jour n'était pas comme les autres. Est-ce que les chats faméliques avaient miaulé comme ils avaient l'habitude de le faire à pareille heure !

– Tante Naarou, de grâce, le début.

– Quel début ?

– Le début de la douzième porte du chant, je dormais…

– Écoute Ciré, pas aujourd'hui. À une autre occasion ou l'année prochaine ici, pourquoi pas ?

L'année d'après, l'affluence augmenta mais Naani manqua à l'appel ainsi que Bouri tuée bêtement par un chauffeur ivre alors qu'elle traversait la rue, à un feu rouge. À Babyselli, on se souvint d'eux. Les pèlerins prièrent avec ferveur pour le repos de leur âme, puis Naarou supplia Khourédia, le fils de Naani : « Laisse-moi chanter pour Bouri. »

Et sa complainte se perdit au loin. vers les dunes du Foudjallon :

Quand la nuit est noire les fauves s'ébrouent.
Quand la nuit est bien noire, le lion repu
Est le maître absolu des bois et des terres,
Des buissons et clairières.
Du Oualo jusqu'au Boundou
Du Mali à Ouagadougou,
Et sur la côte où le sable brille de pépites d'or,

Tekkrour, Macina, Mandingue,
La nuit dort avec les fauves.

À Babyselli Yellimané s'est levé
Tard, tard, dans la nuit, ce n'est plus la nuit.
Trop tôt, point de jour encore.
À Babyselli Yellimané entre deux rivages.
Ni la nuit noire, ni l'aube hésitante.

Yellimané fils de Sarebibi
Au galop pour surprendre les fauves.
O Yellimané fils de Sarebibi
Flamme chaude dans le cœur des jeunes filles !
Elles chantent tes exploits
Au bord des ruisseaux
Quand la brise de mer caresse les dunes.
O Yellimané fils de Dioumana
L'amazone paisible et rieuse
Qui conquit le cœur d'un Almamy
Dioumana aux sept tatouages,
Subhaanama cette sirène du Foudjallon
Longueur de liane, douce comme lait qui caille
Mystérieuse comme l'océan.
Joyau tombé du ciel.

À douze ans elle s'est tatouée
Eyôô ! Eyôô ! dit Gueladio le père
Chasseur de fauves et de mérite
Eïaa, eïaa chanta la mère Assata.
Croissant bleuté sous le sourire de Dioumana
Eyôô ! Eyôô ! Eïaa, eïaa.
Rondes et danses de jeunes filles aux seins durs.
Jambes agiles, *belefete*[1] au vent.
Sur la grande place un taureau tomba.
Festin et danses ; *yella*[2] dans Babyselli.
Dioumana, quelle beauté !

À treize ans elle s'est tatouée
Ey kam[3], pourquoi ? a dit Diary la tatoueuse.
– Pour être belle Diary !
Deux fois c'est toujours mieux !
Eyôô, eyôô, eyôô !
Larmes de joie et de fierté,
Festins et danses. *Yella* dans Babyselli,
Deux taureaux tombèrent sur la grande place.

---

1. *Belefete :* Bande de tissu qui sert de culotte aux petites filles.
2. *Yella :* Danse.
3. *Ey kam :* Interjection pour souligner une question.

Dioumana a dansé sa joie
Dieu ! Son rire sous ses gencives bleues
Et sa lèvre indigo
Et son teint en satin ocre.
Dioumana a dansé sa joie
De quoi mettre en déroute toute une armée !
Au petit matin, dans la cour de Gueladio,
La reine du troupeau de l'Almamy
La perle blanche du troupeau
Dans la cour de Gueladio.
On l'appelait *kheeweul*
Baraka la chance le bonheur.
Kheeweul est aurore
Vêtue de soie blanche
Pour le réveil de Dioumana.
Le griot a pincé son *xalam*
C'était à l'aube dans Babyselli
Dans la cour de Gueladio le chasseur.
Lambi le griot a pincé son *xalam* :
« Gueladio, maître des bois et des fauves,
Reçois le salut de l'Almamy
Gueladio, roi des chasseurs
Devant Dieu et devant les humains,
Amoureux des silences du désert
Toi que n'étourdit pas le barrissement
De l'éléphant

Ni le rugissement de la lionne à l'assaut,
Ô Gueladio !
Connaisseur des secrets de la jungle,
Tu n'iras pas chasser ce matin.
Dioumana a touché le cœur de Sarebibi.
Dans ta cour mille fois bénie
Kheeweul pour la belle Dioumana.
Assata était gaie comme la clarté
Eïaa, eïaa Dioumana !
L'enfant unique, la fille unique
Vaut dix fils de bonne graine.
Eïaa, eïaa, Dioumana !

C'était la fête à Babyselli.
Quand le fils de l'Almamy aime,
Le berger en a le cœur meurtri.
Adieu belles laitières.
Adieu fiers taureaux.
Quand le fils de l'Almamy aime,
L'or coule dans les forges.
Dioumana en brilla comme ciel étoilé.
Quand le fils de l'Almamy aime,
La trame du tisserand s'étend à perte de vue.
Mille pagnes pour Dioumana,
Indigo et *palmaan*,

Cawali et *faadiama*[1],
Eïaa Dioumana la belle.
Collier d'ambre jusqu'à l'orteil.
L'or du Ngalam en anneaux torsadés
Pour fleurir l'oreille de Dioumana
L'or du Ngalam
Plus que poignet n'en peut porter.

_____

1. *Palmaan, cawali* et *faadiama :* Variétés de teintures.

Le jour faste du mariage
Elle avait quatorze et Sarebibi vingt ans
Yella eïa, yella eyôô !
Taaxuraan[1] pour chanter les preux.
L'illustre lignée de l'Almamy
Depuis Alpha le grand érudit
Qui sur la plaine aride du Bourrour
Fit gicler une source miraculeuse
De son bâton de pèlerin.
Sur les terres jadis désertiques
Se répandit une eau bienfaisante
Et le mil poussa à foison
Femmes en gerbes de riz guirlandes
Vertes prairies tapis de velours.
Du Bourrour jusqu'au Wandi.
Taaxuraan pour chanter les preux :
Waly l'ancêtre de Gueladio
Qui se reposait dans l'antre des lions
En attendant que le maître de céans
Lui apportât la proie désirée.
Et l'illustre lignée des princes de la jungle.
Yella eïaa, yella eyôô !

---

1. *Taaxuraan :* Danse et chant.

Elle devint femme, Dioumana.
– Sarebibi : je m'en vais me tatouer.
Ses dents étaient blanches et sa lèvre indigo
Et ses gencives comme un croissant de pastel.
– Sarebibi : je m'en vais me tatouer.
– Caprice de femme, Dioumana mon épouse ?
– Pour mieux t'aimer, Sarebibi,
Fils de l'Almamy, fils d'Alpha Mamma
Fils de Touradio le Saint.
Pour mieux t'aimer, prince et Almamy.
La poitrine de Sarebibi se gonfla de fierté.
– *Ey kam*, s'étonna Diary la tatoueuse.
– Pour plaire à Sarebibi, Diary
Trois fois c'est mieux que deux !
Puis quatre, cinq, six et sept.
Et naquit Yellimané.

Ô Yellimané, enfant prodige
Tu as avalé le soleil en naissant.
Éclipse dans Babyselli, stupeur dans Babyselli
L'Almamy s'est doucement éteint.
C'était une année de faste et de lumière.
La pluie avait gonflé les fleuves
Au-dessus des champs chargés de mil et
D'arachide, soudain
Éclipse, tristesse dans Babyselli.
Et le vieux Maël sortit de sa cage

Il sourit quand les cœurs s'agitent.
Lambi le griot s'est approché :
– Maël, je te salue !
Devin des devins, je te respecte.
– Salut à toi, Lambi, maître de la parole.
– La parole est vaine, Maître, sans le savoir.
– Malin griot, que veux-tu savoir ?
– Ton sourire, Maître, quand la peur serre les fibres
Ton sourire, Maître, en ce jour sans soleil
Ou l'âme de l'Almamy se tire
D'un si grand corps.
Ton sourire, Maître, en ce jour de tristesse.
Maël a regardé Lambi.
Son œil était sans fond et son front sans limite
Son visage immense remplissait l'espace.
Lambi sentit un étrange courant
À travers tout son être.
Il ferma ses paupières lourdes de vertige
Pendant qu'un souffle lui balayait l'oreille :
« Réjouissez-vous pour l'Almamy !
Il est à présent l'hôte éternel
Du royaume des bienheureux.
Sarebibi portera un manteau plus vaste,
Destin ambigu d'une ascension au sommet
Fiel et miel au firmament
Et la gloire pour toujours.
Regarde l'enfant qui vient de naître
Il brille comme un sabre.

Il a mangé le soleil pour en nourrir son étoile. »
Maël a disparu dans sa cage.

Lambi est ivre d'insolite et de bonheur.
Il a pincé son *xalam*.

– Es-tu fou, Lambi !
– Loin de moi la folie, âmes de Babyselli.
J'ai rêvé l'Almamy dans un château de
Marbre et d'or
Y serpentent des rivières d'argent et de nacre
J'ai rêvé l'Almamy sur un trône grandiose
Élu parmi les élus dans les jardins du Paradis.
Âmes de Babyselli : on ne pleure pas les élus !
Lambi a pincé son *xalam* :
– Sarebibi, Sarebibi
À toi Babyselli et l'enfant de l'éclipse
À toi tous nos sables et dunes et cours d'eau
À toi le destin du pays
À sauvegarder par devoir.
À toi nos terres pour prospérer
Et tout ce qu'elles portent
Et tout ce qu'elles couvent.
Loin la faim, loin la soif.
Sarebibi, à toi la Patrie
Vive la paix dans l'honneur

Vive aussi la guerre pour l'honneur.
Sarebibi, l'Almamy est parti,
O l'héritier, à toi le Kankamé,
Vive la paix dans l'honneur
Vive aussi la guerre pour l'honneur.
Sarebibi notre Almamy,
Ton père guerroya onze années
Contre Lamré le téméraire
Et Mor Binta le sanguinaire
Et Sidiadia le roi sorcier,
Sur les plaines de Tamour
Pour l'or du Natangué.
Subhaanama Lamré !
Subhaanama sa bravoure !
Fier comme un dieu
Audacieux comme l'audace
Il avait juré : « À moi seul la tête de l'Almamy. »
Et l'Almamy le voulait sauf.
Des terres et des terres les séparaient.

L'Almamy était dans son *tata*[1].
Longue fut la route jusqu'au *tata*
Subhaanama Lamré.
Avec son armée intrépide,

––––––––

1. *Tata :* Résidence.

Il marcha soixante-dix jours.
Longue fut la route jusqu'au *tata*
Sang, feu, râles, hennissements lugubres.
Cent et cent de ses hommes tombèrent
Longue et pénible fut la route jusqu'au *tata*
La muraille était d'hommes valeureux
Lamré, tel un fauve blessé,
L'envahit avec ses troupes.
Cavalcades, chocs, sang, sang !
La terre en but jusqu'à l'ivresse.
Longue fut la route jusqu'au *tata*
Lamré était comme un torrent.
Il poussa la muraille dans une frénésie de
Violence inouïe
Cent et cent des hommes de l'Almamy
S'inclinèrent.
Subhaanama Lamré :
Une flèche traversa sa toque en fibres de raphia,
Longue fut la marche jusqu'au *tata*.
La muraille était d'hommes téméraires
Une lance se planta dans la cuisse de Lamré
Il avança quand même tel un volcan furieux
Et, portant comme d'étranges atours
Blessures béantes et fers enfoncés dans la chair
Il brisa la muraille sur un champ de carnage.
Longue fut la marche, et le *tata* là :
Au bout d'un tir.
Lamré exulta

Longue et chaude fut la route
Pour la tête de l'Almamy.

Le soleil déclinait
Sur les plaines du Natangué
Quand l'Almamy sur un cheval blanc
Se détacha des rangs de sa garde.
Le soleil n'était plus d'or
Sur les plaines du Natangué.
Une voix s'éleva
Douce comme l'eau qui coule
Ténébreuse comme l'énigme.
« L'Almamy offre sa tête
À qui prétend la vouloir ! »
Et il ôta son turban
Et soudain tout s'assombrit.
Éclairs de lances qui s'entrechoquent
Deux fulgurances dans le noir
Deux sifflements aigus.
Un râle terrible.
Le cheval de l'Almamy se cabra.
Puis un silence glacial.
Un silence de mort et de sang fumant.
Silence de désolation.
Point de lune, ni d'étoiles
Dans le ciel du Natangué
Mais des nuages noirs qui bougent

Des fantômes noirs qui bougent
Et une fumée noire qui s'élève de la terre.
Sur la plaine torride un silence de glace
Puis, encore la voix de l'Almamy
Suave comme un voile de pudeur,
Suave comme le chant du muezzin
En ce crépuscule trop vite assombri :
« Les héros tombent au champ
Pour l'honneur de la Patrie
Babyselli vivra
Priez sur Lamré.
Respectez la mémoire du brave. »

Ñaulo-Gay-Naaco[1].

Sarebibi, c'était hier.
Lourd est ton héritage
Eyôô eyôô l'Almamy ton père !

Il mit en déroute l'armée de Mor Binta
Qui trépassa sur les dunes du Foudjallon.

———

1. *Ñaulo-Gay-Naaco :* Déformation de l'expression pulaar (*Nima alla gaynako*) qui signifie «l'éléphant n'a pas de berger».

Sidiadia le roi sorcier,
Après des années de siège
Et des combats acharnés
Se désintégra en un nuage de poussière rouge
À la faveur d'un éclair
Et plus jamais on ne le revit.
Onze années de batailles glorieuses
Quarante ans de paix dans l'abondance
Tel est ton héritage, Sarebibi,
À défendre
À préserver
À enrichir
Sarebibi *eyôô,* Dioumana *eïc,*
Eyôô Yellimané
Il a avalé le soleil en naissant.

« À moi Babyselli et le Bourrour
Et tout le Natangué et tout le Kankamé
À moi le Foudjallon et l'enfant de l'éclipse
Cent jours à cheval pour boucler mon royaume
Héritage à défendre
À préserver
À enrichir. Mais…

Mais… À qui le dirai-je…
Moi, fils de l'Almamy Badar

Fils d'Alpha Mamma
Fils de Touradio le Saint
Par la grâce de Dieu et le sabre de mes ancêtres
Aujourd'hui maître des puissants du Bourrour
Et des sages du Tamour
Et de tout le Natangué et de tout le Kankamé
À qui chanterai-je ma poésie
Le long des jours de mes jours
Maître sur terre de nos terres
Phare des puissants, lumière en turban
À qui chanterai-je ma poésie
Le long des jours de mes jours
Ô Dioumana ma charmeuse
À qui dirai-je ma déroute
Le long des jours de mes jours
Face à ton sourire indigo
La musique de ton corps
Chant de rivière palpitante
Sous la caresse des vents du Nord
À qui chanterai-je ma poésie
Pleine lune de mes nuits d'extase
Poème de mes nerfs en furie
Quand les chapelets de l'amour
Autour de tes reins sèment la tempête
Ciel, qui osera penser…
Non, Maître, je ne suis pas sacrilège
Maître absolu des Terres et des Cieux
Tu m'as créé humain parmi les hommes

Tu m'as offert l'amour licite
Tu m'as offert ma poésie
Et la femme-nectar en Dioumana
Et Yellimané l'enfant de l'éclipse.
Il a avalé l'astre… Énigme
Saint ou Satan ?
Dieu, ôte-moi le doute
Ai-je vomi un monstre
Ivre de l'ivresse de mes sens
Seigneur, ai-je trop aimé Dioumana
Ai-je offensé le turban !
Sept siècles de turban
Et j'ose vivre mon poème !
Seigneur, ai-je trop aimé Dioumana… »

Sarebibi, fils de l'Almamy Badar
Tu voulus ensevelir ta poésie
Loin, loin derrière Alpha Mamma
Loin derrière Touradio le Saint
Loin derrière sept siècles de turban.
Paix dans tout le Kankamé
Prospérité sur tout le Natangué
Héritage de l'Almamy
À préserver
À fructifier
Pour l'honneur de la Patrie
Tu dis ton nom : Sarebibi

Tu caressas ton nom : Almamy
Pour l'éclat du turban
Sept siècles immaculés
Tu enterras ta poésie
Sous les sables du Natangué
Mais Dioumana était verte prairie
Et ta poésie rosée de jouvence.
Tu entrepris mille jihad
Contre Satan chatouilleur des bas instincts.
Tu voulus faire de ton cœur
Un rempart de granit
Inaccessible aux assauts des amours terrestres.
Mille et mille tourments
Pour étouffer la flamme
Mais ton poème, Almamy
Ton poème, ô souffle éternel
Source miraculeuse
Gerbes en paillettes
Sur Dioumana la rieuse
Et sa lèvre bleu de minuit
Et son teint en satin ocre
De quoi mettre en déroute l'armée des djinns.
Sept siècles de turban longueur d'éternité
Pour tisser une muraille de silence et d'ombre
Sanglots étouffés d'un cœur orage.
Sept siècles de turban visière d'éternité
Ne plus voir le corps ondulé
Ne plus humer, ne plus sentir

Le *gongo*[1] incendiaire des nuits de Dioumana.
« Moi Sarebibi fils de l'Almamy Badar
Fils d'Alpha Mamma
Fils de Touradio le Saint
Maître du Natangué
Et de tout le Bourrour et de tout le Kankamé
Dois-je céder à la torture du poème
Miel et venin ô mon poème
Dois-je te saluer quand Lamré le téméraire
Fer que nulle forge ne put jamais fléchir
A écrit pour l'Histoire
Sa révérence infinie
Aux maîtres du Foudjallon.
Pardonne, pardonne
Seigneur ! Ta lumière est puissance
Sur les tisons ardents qui étourdissent.
Seigneur, rends-moi à moi-même
À mon turban
À l'Almamy Badar
À Alpha Mamma
À Touradio le Saint
Seigneur, rends-moi au Foudjallon.
Et toi, poème d'extase et de brûlures
Accepte l'offrande en mon turban
D'un linceul sept fois séculaire.

----

1. *Gongo* : Encens.

Ô Dioumana mon épouse
Ton rire n'est plus flamme dévorante
Mais signe de lumière et merveille du Seigneur
Paix en mon cœur, Dioumana
Paix dans mon corps ô mère de Yellimané
Morte la passion vive l'honneur »

Subhaanama Dioumana
L'antilope du Foudjallon
Elle court plus vite que son rire.
Sa silhouette gracile a enfourché l'aurore
Vent dans le vent sous les brumes fumeuses.
Roucoulent les pigeons
Dans les buissons engourdis
Quand Gueladio le père
Riche d'énigmes et d'adresse
Prend congé des fauves.
Subhaanama Dioumana
L'antilope d'une nuit qui s'achève
Flot ondulant porté par la clameur des arbres
Elle court, elle court Dioumana
Sourde à l'appel de Gueladio.

Le vieux chasseur a le cœur en colère
– Dioumana fille rebelle, où vas-tu
En cette aube des êtres de la nuit ?
Femme d'Almamy, où cours-tu
Sans voile de chasteté ?

Elle court, elle court, Dioumana
Vers les eaux du Natangué

Et sa complainte en ce matin qui s'éveille
Sème le poison dans le cœur de Gueladio :
« Adieu mère-ô, pardon mon père
Adieu Assata
Mère de l'enfant unique
Tu m'as appris *gacce-ngaalaama* [1]
Fondre comme noix de karité
Dans les sables insatiables du Sahel
Quand l'harmattan, sous midi,
Fouette le kapok
Plutôt que de porter la honte à califourchon.
Ô mon père terreur des fauves

Puis-je vous dire
Dois-je vous dire
Ô ma mère-ô, Ô mon père-ô
Dois-je vous dire
Que Sarebibi l'Almamy
Ne veut plus, ne veut plus
De votre fille aux sept tatouages
Ne veut plus, ne veut plus ê ê ê
De la mère de l'enfant si glouton
Qu'il avala le soleil en naissant.
Toute honte bue, toute honte bue
Je prends le chemin du retour

---

1. *Gacce-ngaalaama :* Non à la honte.

À l'ancêtre du premier jour.
Fils bientôt orphelin
Toute honte bue, mon enfant
Je m'en vais rejoindre l'ancêtre
Dans les eaux du Natangué… »

Elle court, Dioumana
Et Gueladio le vieux chasseur
Pris entre colère et tendresse
Déploie contre le vent en émoi
Ses longues jambes de sprinter royal
« Dioumana mon enfant, arrête
L'affront à Gueladio par le sang se lave
Fût-ce celui d'une sainteté en turban. »

Elle court, Dioumana liane rebelle
Vers le champ moiré des eaux du Natangué
Fluide écrin de Tarou la Baleine.
Bannie elle fut depuis l'âge de la pierre
Pour avoir été séduite
Par Kandia le chasseur magicien
Qui dans ses bras en étreinte de feu
Lui offrit sous une tempête d'apocalypse
Ô croisière tumultueuse
Un banquet nuptial et d'adieu à la famille.

Puis, *samba lingeer*[1] hors toute classe
Kandia le chasseur, immolant
Au cœur du fleuve un mastodonte
D'éléphant,
Provoqua un torrent fou de sang et
D'explosions.
Volcan en rage le fleuve s'embrasa
Vision effarante d'un feu d'artifice
Diabolique
Et soudain !
Soudain comme pour étouffer
L'orage des dieux
Une masse énorme de vapeurs laiteuses
Et des girandoles et des bouquets fleuris
Valse de couleurs éblouissantes
Un nuage bleu en toile de fond.
Et Kandia le chasseur et Tarou la bBaleine
Apparurent sur une barque d'écume
Portés par des vagues joyeuses
Au beau milieu d'une île océan
Sertie dans le fleuve Natangué.

Elle vole, Dioumana
À cinq enjambées du fleuve
Gueladio un pas derrière

---

1. *Samba lingeer :* Gentilhomme.

Serrant sous l'aisselle brûlante
Un lambeau de cœur arraché.
Œil sanguinolent
Pomme d'Adam figé
Membres velus et crins dressés au torse
« *Eyôô* Waly Bakaar Tiendella ! »
Il a invoqué Waly
Qui se reposait dans l'antre des lions
En attendant que le maître de céans
Lui apportât la proie convoitée.
Elle vole, Dioumana
Gueladio le fauve un pas derrière
Pour une passe d'arme unique
À perdre ou gagner face à Tarou l'ancêtre.
En un geste simultané
L'arc est bandé, la jambe tendue
Une flèche siffle du carquois.
Dioumana court plus vite que son chant
Un pied dans l'eau, belle amazone.

Dévorant l'espace
Gueladio tout de même
Admire avec dévotion
Tarou la Baleine en liesse
Sur son divan aquatique.
Longue robe blanche en fuseau et falbalas,
Gorge ouverte en l'honneur

D'un si grand jour
Où une fleur éconduite
Retourne au berceau.
Subhaanama Dioumana
La mélopée est air de sirène
Pour l'hommage à l'ancêtre primordial
Lorsqu'un pas dans le fleuve
Et l'autre dans l'île de mer

L'épouse de l'Almamy
En posture d'accolade
Se glisse comme éclair
Dans le ventre de Tarou.
Eyôô eyôô prunelle de chasseur !
« Si je te perds, que le clan me maudisse ! »
Plus vive que le son
La flèche de Gueladio
Tel le fil dans le chas de l'aiguille
A pris le talon de Dioumana
Au ras de l'immense gueule en fête
« Si je te perds je ne suis pas du sang de Soukabé. »
Et la brousse d'entrer en sarabande…